# 君に、恋に落ちた夜

愁堂れな

幻冬舎ルチル文庫

✦目次✦

CONTENTS

君に、恋に落ちた夜



✦カバーデザイン＝コガモデザイン（chiaki-k）
✦ブックデザイン＝まるか工房

イラスト・亀井高秀

# 惚れた弱み

# 1

「お先に失礼します」

五時半の定時のチャイムが鳴った途端、今日も小早川《こばやかわ》は席を立った。百八十を超す長身をイタリアンブランドの最新モードのスーツで包み、長めの前髪をかきあげながら颯爽《さっそう》と歩き去る姿はモデルか俳優かというほどさまになってはいるのだが、行為そのものは配属されてわずか二週間しか経《た》たない新入社員のとるものではなかった。

課員たちが一瞬、またか、というように顔を見合わせたあとに、ちらっと彼の指導員である俺へと非難の視線を向ける。

新入社員が先輩社員たちに何の遠慮もなく定時帰りをするという風潮は今までの当課になかったがゆえに、一体どういう指導をしているのだと言いたいのだろう。すみません、と誰にともなく頭を下げた俺の耳に、

「なんだ、小早川。今日も合コンか?」

俺の同期の富田《とみた》が、あきらかに嫌みとわかる口調でエレベーターホールへと向かう小早川の背中に声をかけた。

富田は学生時代は体育会ラグビー部の主将をしており、同期の間では『熱血漢』とからかわれることが多い。他の課員たちのように不満を抱えながら面倒を疎んで黙って見過ごすことをせず直接本人に注意を施そうとする、精悍《せいかん》な顔とがたいのよさを裏切らない男らしい男だ。

「まあね」

だが小早川は悪びれもせずに富田の問いを流すと、あたかも見下しているかのような仕草で軽く頭を下げ、フロアを出ようとした。

「おい、待てよ」

体育会出身ゆえか上下関係を何より重んじる富田の顔色が変わる。俺は慌ててこの直情型の同期を宥《なだ》めるために立ち上がった。

「富田、俺たちも残業メシ行かないか？」

「加納《かのう》、お前も指導員なら指導員らしくな……」

富田の注意が俺に逸《そ》れたのを察した小早川が、ちらと俺を一瞥《いちべつ》したあと、この隙にとばかりにフロアを出てゆく。

「あ、おい」

富田が気づいたときには既に小早川の姿は見えず、エレベーターがフロアに到着するポン、という高い音が響いてきた。

「新入社員が定時上がりで、その指導員のお前が深夜残業か？」

まったく、と溜《た》め息《いき》をつきながら富田が俺に憤った視線を向けてくる。

「まだ配属されて二週間だからな。仕事らしい仕事もないし……」

「またお前はそうやってあいつを甘やかす」

俺の言い訳を富田の大声が遮った。課員たちの視線が集まるのに俺は、

「いいから、メシ行こうぜ」

と彼を促し、先ほど小早川が消えたエレベーターホールへと富田を誘った。

「仕事らしい仕事はないって、あいつ、実習日誌の下書きまでお前にやらせてるっていうじゃないか」

エレベーターホールに着いても富田の憤りは収まらぬようで、大声で俺を罵《ののし》ってくる。

「お前、なんかあの小早川に弱みでも握られてるんじゃないか？　いくら指導員とはいえ、なんでそこまで面倒見なきゃならないんだよ」

「弱みなんか握られてるわけないじゃないか」

笑って答える俺の頭の中で、囁《ささや》く自分の声がする。

『強いて言うなら、「惚《ほ》れた弱み」かな』――七年前、確かに俺はあの小早川隆祐《りゅうすけ》に、限りなく恋に近い想いを抱《いだ》いていた。

竹内《たけうち》課長から、配属される新人の――小早川の面倒を見る係である『指導員』に任命されたのは、今から二週間ほど前の三月末日、期末の決算でおおわらわになっていた最中のことだった。

俺の勤め先は財閥系の総合商社で、先輩の引きで運よく入社して三年目になる。俺の入社後課に新人が配属されないために同期の富田と二人、未だに一番下っ端のポジションにいるのだが、今度もまた新人配属の予定はないと聞いていた。

「新人、入るんですか」

「まあ、いろいろあってな」

驚いて問い返した俺に、竹内課長は奥歯にものの挟まったような言い方をしたが、いつももったいぶってはみせるが最後にはなんでも喋《しゃべ》ってくれる彼にしては珍しく、詳しい事情を説明せずに話を進めていった。

「それで加納、お前に指導員を頼みたいんだよ」

「別にかまいませんが、富田のほうが適任ではないかと……」

やりたくないというわけではないが、今、俺は自分の仕事に手一杯で後輩を育てる自信がなかった。俺の仕事はビル設備の国内営業なのだが、一年かけて口説き落としたメーカーとようやく取引が始まったところで、今はそれを軌道に乗らせるべく努力している真っ最中だったからだ。

その上俺は、今までクラブや部というものにほとんど所属したことがなかった。後輩の指導という点でいえば、大学時代ラグビー部の主将を務めていた富田の方が適任といえた。

それで富田の名を出したのだが、竹内課長は俺の案には乗ってくれなかった。

「確かに富田は適任だと俺も思うが、今回はどうしてもお前に頼みたいんだよ」

「……はあ……」

そこまで言われてしまっては断ることもできず、なぜに『どうしても』なのかと首を傾《かし》げつつも、俺は指導員を引き受けることになった。

面倒だな、と思わなかったといえば嘘になる。だが竹内課長に、参考までと配属される予定の新人の履歴書を渡された瞬間、沈みかけていた俺の気持ちは天を突き抜けるほど一気に上昇した。

『小早川隆祐』――名前を見た途端、鼓動が跳ね上がった。まさか、と思いつつ履歴書を上から辿《たど》っていき、高校名を見て俺は、今度配属されてくる新人が『あの』小早川に間違いない、と高鳴る胸を押さえつつ一人大きく頷《うなず》いた。

小早川は俺と同じ都立高校の、一学年下の生徒だった。とはいえ、小早川はその事実を知らないだろうと思われる。一学年八クラスもあるような生徒数の多い学校であったし、彼と俺とは学年も一年違うので、部活動も違えば、今同様、たいして目立った存在でもなかった俺を、小早川が覚えてないのも当然といえた。

小早川も、学年を越えてまで名前の売れていた生徒ではなかった。彼の存在を知ったのは、俺が高校三年のときの体育祭だったのだが、そのときの印象は七年経った今でも俺の記憶に鮮明な像となって残っていた。

体育祭の最後には、毎年全学年通じてのクラス対抗リレーがあった。一年から三年まで、各クラスから男女それぞれ二名、合計四名選出し、各チーム十二名の選手たちが順位を競いあうこの種目は、体育祭のメインイベントであり最も盛り上がる競技だった。

走行順序は各クラスに任されているため、それぞれに作戦を立てる。俺のクラスはその年優勝候補と言われており、自然と応援に熱が入った。

競技が始まり、選手たちに声援を送る中、一クラスがバトンを落とし、酷《ひど》く遅れてしまった。差はどんどん広がり、いよいよアンカーが走る頃には、先頭のクラスと最後のクラスはほぼ半周の差がついていた。

俺たちのクラスは前評判ほどではなく、三位と四位の間を行き来していた。アンカーは三年の俺のクラスの友人だったため、俺は彼ばかりを見て応援していたのだが、そのときグラウンドが一瞬大きくどよめいた。

「どうしたんだ？」

隣にいた友人に問いかけると、彼は興奮した声でトラックを指差した。

「あれだよあれ！　三組のアンカー！」

教えられるより前に俺の目に、まさに疾風のような走りっぷりを見せる長身のランナーの姿が飛び込んでいた。

最下位だったはずのその走者がグラウンドを疾走しながら一人抜き、二人抜くのに今や生徒全員が大きな声援を送っていた。

「誰だ、あれ？」

「二年の小早川だよ。陸上部の」

「速《はえ》えなあ！　どのくらいのタイムで走ってるんだ？」

そこかしこから興奮した声があがる。俺もすっかり興奮してしまいながら、その小早川という二年生が風を切って走ってゆく姿に目が釘付けになっていた。

アンカーのみ、他の選手たちが百メートルのところを、トラック一周の二百メートルを走る。半周走ったあたりで小早川は既に四人の走者を抜き去り、五人目をとらえたところだった。

「ウチのクラスも抜かれるんじゃないか」

クラスメイトたちがざわめく中、小早川のスピードは少しも落ちることなく五人目を抜き去り、六人目、今三位の俺たちのクラスの走者を抜こうとしていた。

「このまま一位まで突っ走るか？」

「そりゃ無理だろう。ゴールまで距離がなさすぎる」

最下位から一気に一位まで突っ走ろうとしている小早川に、グラウンド中の期待が集まっていた。小早川は今や二位まで上がっていたが、先頭の選手はあと数メートルでゴールしようとしていた。

「さすがに無理だな」

「これで抜いたら漫画だ」

皆の興奮が一瞬冷める。そんな中、小早川が更に加速したのがわかり、またもグラウンドは大きな興奮に包まれた。

「うそだろ、やるんじゃねえか？」

「頑張れ、小早川！」

既に先頭走者はゴールしかけている。それでも尚《なお》、諦《あきら》めようとせず全力疾走を続ける小早川に熱い声援が集まった。

「がんばれ！　小早川っ！」

気づいたときには俺も、それまで名を聞いたこともなかった彼に大きな声援を送っていた。

しかし奇跡とはそう起こり得ぬもので、結局一位の走者はそれから数秒後にゴールテープを切り、小早川は二位でゴールした。

「凄《すご》いぞ！」

「よくやった！」

よっぽど無理をしたのか、ゴールしたあと小早川は両膝《りょうひざ》に手をつき、身体《からだ》を二つ折りにしたまましばらく動かなかった。が、心配したリレーのメンバーたちが駆け寄っていくと、小早川はすっと顔を上げ、同じチームのメンバーたちに何か言っているようだった。

『ごめん』

俺の目には彼の口がそう動いたように見えた。メンバーたちが次々と小早川に抱きつき、背中やら頭やらを叩いて激励している。その一人一人に笑顔を向けている小早川からなぜか俺は目が離せなくなり、随分長い間遠くから彼を見つめていた。

その後、俺は彼が陸上部のエースで、短距離でインターハイに出場するほど素質のある選手であり、将来はオリンピックを目指していることを知った。当時俺の一番仲のよかった友人が新聞部の部長をしていて、『体育祭のスター』という見出しで小早川の記事を書いたのだが、彼経由で俺はそれらの情報を得たのだった。

その記事と一緒に、リレーのときの彼のゴールの瞬間の写真が掲載された。俺の友人はなかなかに写真の才能があり、疾走感溢《あふ》れるいい仕上がりだった。苦しげな顔だが、その表情は周囲に飛び散る彼の汗の煌《きらめ》きと相俟《あいま》って酷く輝いて見えていた。

俺があんまり上手《うま》いと褒めたものだから友人は嬉しがり、そんなに欲しければやるよ、と印刷に回したあとその写真を俺にくれた。間もなく受験勉強が佳境に入ったのだが、勉強に行き詰まったときなどに俺は時折その写真を取り出し、一人眺めることがあった。

なぜかはわからないのだが、小早川の写真を見るとやる気が出た。決して諦めることなく、抜けないとわかっていても尚、最後にスピードを上げた彼の走りっぷりに俺は感銘を受けたのかもしれなかった。彼の写真に助けられた――というわけではないだろうが、俺は無事大学入試を終え、第一希望の私大に入学を決めることができた。

卒業するまでに何度か俺は、小早川に接触を試みようとしたが、何の接点もない後輩に話しかける勇気は最後まで出なかった。いかにもスポーツマンらしい、礼儀正しい爽やかな男だとか、頭脳の方もかなり優秀らしいとか、彼の噂《うわさ》を集めるだけで、結局直接会話することなく俺は高校を卒業した。

卒業後は小早川の動向を知らせてくれる人間が誰もいなかったせいで、彼の名はますます疎遠なものになっていった。そのうちに俺も新生活に慣れるのに必死にならざるを得なくなり、次第に小早川の名は記憶の隅へと追いやられていった。

それから七年後の今、その小早川にこういう形で再会できるとは――わくわくする己を抑えつつ、俺は新人が配属される四月一日を待ったのだったが、七年ぶりに俺の前に現れた小早川は、俺の知る彼ではなかった。

「それにしても、小早川、態度悪すぎるよな」

社員食堂で昼とそうかわらないメニューの夕食を食べている最中も、富田の怒りは収まる気配を見せなかった。

「だいたいお前が甘やかすのが悪いよ。なんだってああ、やりたい放題させてるんだよ」

「甘やかしてるつもりはないんだけど」

「挨拶《あいさつ》もしなきゃ満足に敬語も使えない。その上毎晩、実習日誌も書かずに合コン三昧《ざんまい》。それを許していることのどこが甘やかしていないって？」

小早川が配属されて二週間が経ったが、富田は相当彼に対して怒りを覚えているようだった。指導員である俺が何も言わないのに、自分が注意するのは出すぎた真似だと思うのだろう。言いたいことを言えずにいるストレスがまた富田を苛《いら》つかせるらしい。

「……さっきも言ったけど、まだ配属二週間じゃないか。これからだよ」

「『もう』二週間だろ？　いい加減言葉遣いくらいちゃんとさせろよ」

富田の怒声が、がらんとした社員食堂に響く。最近残業時間削減の通達がしつこく回ってくるせいで、深夜まで残業する社員が少なくなり、夜の社食の利用者も減っていた。そんな中、俺はここの常連になるくらい残業は多いのに反し、小早川は富田の言うよう、毎日やりたい放題、合コン三昧の毎日を送っている。

「……忙しいのを理由に指導をサボってることは認めるよ。本当に申し訳ない」

「いや、俺は別にお前を責めてるわけじゃないぜ」

頭を下げた俺を富田は慌ててフォローしてくる。

「お前が部の誰より忙しいってことは俺もよくわかってるしさ、それに実際、お前、よく小早川の面倒見てると思うよ。ただその面倒の見方が問題なんだよ。面倒を見すぎているというかなんていうか……」

いかにも熱血漢らしく顔を真っ赤にしてまくし立てながら、富田が俺の肩を叩いて頭を上げさせようとする。だが実際俺が顔を上げ、彼を見やると途端に富田は紅《あか》い顔を益々赤らめ、

「だからだな」

一瞬言葉に詰まり、目を伏せてしまった。

「？」

時々彼は俺と話している最中にこんな風に黙り込むことがある。どうしたのだと思いつつ彼を見返した俺に、

「ええと、そう、小早川の話だよ」

富田はバンッと手でテーブルを叩くと、紅い顔を憤りに顰《しか》め、再び彼への不満を口にし始めた。

「お前の指導方法にクレームをつける気はさらさらないんだけどさ、甘やかすばかりじゃ本人のためにはならないだろう？　時には怒鳴りつけるくらいの厳しさをもってだな……」

またも延々と俺への注意を施し始めた富田の声を聞きながら、きっと課の皆が富田と同じ意見なのだろうと心の中で溜め息をついた。

俺が小早川に好き放題やらせているのは、富田に言ったように自分が忙しくて手が回らないという理由からではなかった。高校時代の小早川を知っているだけに、今の彼とのギャップに俺は戸惑ってしまっていたのだった。

四月一日、入社式のあと課長に連れられて部へとやってきた小早川を見た途端、懐かしさが俺の胸に溢れたが、同時になんともいえない違和感を覚えた。

「小早川です。よろしくお願いします」

課長に促されて挨拶する様子はいかにもおざなりで、新人なら当然備えているはずのやる気も緊張感も感じられなかった。

服装こそ紺のスーツに白いシャツとリクルートそのものの真面目なものではあったが、サラリーマンにしては長めの頭髪と、どこか面倒くさそうな喋り方は、その場にいた者たちに俺のような違和感を覚えさせたようだ。

「なんか態度悪くないか？」

富田が俺に、こそっと囁いてくる。

「そうかな」

一応そう答えはしたが、確かに新人らしくないとは俺も認めざるを得なかった。

おかしい——高校時代の彼はスポーツマンらしく、礼儀正しい爽やかな男だという評判だったのだが、と内心首を傾げていた俺を竹内課長が小早川に「指導員だ」と紹介した。

「加納です」

小早川は名乗った俺を見て、一瞬目を見開いた。高校の先輩ということに気づいたのかな、と俺の胸は、どき、と小さく脈打ったのだが、小早川はすぐにやる気のなさそうな顔に戻り、ひとこと、

「よろしくお願いします」

と言っただけで、ふい、と横を向いてしまった。

「……こちらこそよろしく」

光る汗を飛び散らせ、ゴールしていったかつてのイメージとはまるで違う、どこかやさぐれたような表情の彼に挨拶を返しながら、本当にこれがあの小早川なのだろうかと俺は思わずまじまじと顔を見上げてしまった。

少し逞《たくま》しくはなったが、長身で痩《や》せぎすの体型はあの頃とほとんど変わっていないようだった。意志の強そうな太目の眉《まゆ》、切れ長の瞳《ひとみ》、すっと通った鼻筋に厳しく引き結ばれた唇と、滅多に見ないほど整った容貌《ようぼう》も少し大人びたとはいえほぼ当時のままである。

だが、当時爽やかな笑みを浮かべていたその顔は今、愛想笑いすら浮かべることなく、いかにもつまらなそうな表情をしている。昔の彼を知っているだけに、一体どうしたことだろうと俺がいつまでもじろじろと顔を眺めていたからだろうか、目の前で端整な小早川の眉が顰《ひそ》められ、じろり、と俺を見下ろしてきたのに、俺は我に返って慌てて彼から目を逸らした。

「加納は入社三年目のわが部のホープだ。こつこつ努力する粘り強い性格で、去年一年がかりで新規客先を開拓した。仕事もできるが面倒見もいいナイスガイだ。仕事だけじゃなく、社会とは、会社とはどういうところか、しっかり彼から学んでくれ」

多分にリップサービスが含まれた紹介をしてくれた課長が、バシッと俺の背を叩く。

「課長、そりゃ褒めすぎですよ」

富田が横からふざけて口を挟み、皆がどっと笑った中、小早川だけはぶすっとしていたが、それは、先輩をネタにしたジョークに笑うのを控えたという彼の配慮というよりは、単に興味がないからというように俺の目には映った。

その後、社内の関係部署への挨拶回りを済ませ、会議室で社内の基本的なルールを説明し始めたときも、小早川のやる気のなさそうな態度は改まらなかった。

やっぱりおかしい——まるでわざと人の眉を顰めさせているようだと俺は、ついちらちらと彼の顔を窺《うかが》ってしまっていた。

高校時代の彼は、周囲に不快感を与えるような性格ではなかったように思う。直接の面識

はなかったが、好ましい噂しか耳に入ってこなかったし、遠目に見るだけだったが俺が彼を見かけるときは常に明るい表情をしていた。

なのに今、社内組織を説明している俺の前にいる小早川は、それが人にものを教えてもらっているときの態度かと注意を施したくなるようなだらしのない姿勢で、聞いているのかいないのかわからない、興味なさげな顔をしている。

「……これから当部の取り扱い品目の説明をしたいのだけれど、今までのところで何か質問はあるかな」

まるで手応えがなかったゆえ、本当に俺の説明を理解できたのかと確認をとったとき、小早川は初めてといっていいほど俺の顔をまじまじと見返してきた。

「………」

切れ長の黒い瞳が、七年前、大歓声の中ゴールしたときの彼の姿を呼び起こす。途端に胸の鼓動が速まり、頬《ほお》に血が上ってくるのに、一体どうしたことかと動揺し、つい彼から目を逸らせてしまった俺の耳に、投げやりにも聞こえる小早川の声が響いてきた。

「特にないけど、あのさ」

「……え？」

小早川の口調に俺は驚きのあまり視線を彼へと戻していた。富田ほど上下関係に厳しくない俺も、さすがに入社一日目の新入社員にタメ語を使われたのには仰天し、思わず眉を顰めてしまったのだが、小早川はそんな俺の表情に頓着《とんちゃく》することなく、相変わらずの口調で質問を続けた。

「さっきから俺の顔ばっかり見てるけど、俺の顔になんかついてる？」

「……いや……」

他の質問であれば、さすがに俺も、『その口の利き方はなんだ』と注意をしただろう。だが、こっそり彼の顔を窺っていたのが実は本人に気づかれていたと知らされた小早川の指摘に俺は動揺してしまい、注意どころではなくなっていた。

「……そういうわけじゃないんだが……」

「ふうん」

そう、と小早川は頷いたが、彼は俺には敬語を使わなくてもいいと認識してしまったようだった。

「でもさ、商社で国内営業なんて、やってる意味あるの」

「え？」

口調だけではなく、小早川の質問の内容も俺に対して非常に失礼なものになっていった。

「輸出入も同じだな。今やメーカーが貿易実務を難なくこなす時代だろ？　商社の存在価値なんてあるのかな」

「…………」

そう思うのならなぜ入社などしてきたのだと思うような問いかけに、俺は一瞬言葉に詰まってしまったのだが、小早川はそんな俺に馬鹿にしたような笑いを向けてきた。

「あんたに聞いても無駄か」

「…………」

『あんた』――まさか配属初日に新人からそんな呼びかけをされるとは思わず、俺は腹立たしさを覚えるより前に唖然《あぜん》としてしまっていた。

「まあいいや。あんたにできる話を続けてよ」

小早川が椅子を後ろに引き、机の上に膝が見えるほどに高く足を組む。

本当にこれが、あの小早川なのだろうか、と俺は悪い夢でも見ているような気分のまま、彼の言うよう俺にできる話を――部のビジネスの概要を説明し始めたのだが、小早川はメモひとつとるでもなく、いかにも興味なさげな様子で座っていた。

小早川の態度の悪さは決して悪い夢などではなく、紛《まが》うことなく現実のものであることを、業務終了後に俺は改めて思い知らされることになった。

その日は午後中かかって、彼がこれから担当するようになる業務内容を会議室で説明していたのだが、五時半になり定時の終わりを告げるチャイムが鳴った途端、小早川がいきなり席を立ったのだ。

「……え？」

まだ説明の途中だった俺が戸惑い顔を上げると、小早川は、ほら、と上を向き、鳴り響いているチャイムに俺の注意を向けた。

「初日から残業する気なんか、さらさらないから」

どうせつけられないんでしょ、と小早川は肩を竦め、啞然としている俺を残して部屋を出ていこうとした。

「ちょっと待てよ」

さすがにこれには俺も腹を立て、椅子を蹴《け》って立ち上がると、ドアに手をかけようとしている彼に駆け寄り、後ろから腕を摑《つか》んだ。

「なに？」

「用事があるのなら仕方がないけど、説明はまだ終わってないし……」

「用があるんだよ」

俺の注意を小早川は簡単に遮ると、俺の腕を振り払いドアノブへと手をかけた。

「おい」

待て、と後を追う俺を歯牙《しが》にもかけず、内ポケットから携帯を取り出しどこかにかけ始める。

「俺だ。もう社を出られる。どこで待ってればいい？」

小早川はとことん俺の言うことに耳を傾ける気がなさそうだった。電話の向こうから響いているのは若い女性の声のようだ。

「了解。じゃあ、ヒルズについたら電話する」

腹立ちと戸惑いから言葉も出ないでいる俺の前で、小早川はとっとと待ち合わせ場所を決め電話を切ると、そのまま席にも戻らずエレベーターホールへと向かっていった。

「小早川」

「お先に失礼します」

声をかけた俺を肩越しに振り返り、小早川がさも人を見下したように頭を下げながらエレベーターのボタンを押す。

「ちょっと待てよ。実習日誌だってまだ書いてないだろう」

さすがにこのまま帰してしまうのはどうかと、俺は新入社員に二ヶ月間課せられた義務である実習日誌を持ち出したのだが、小早川は、「ああ」とさも面倒くさそうに眉を顰めただけで、席に戻ろうとはしなかった。

「今日、俺が説明した内容をまとめて提出してくれ。課長にも回す必要があるから、今日中に仕上げて……」

「それ、書き方がわからないんだけどさ」

俺の指示を小早川の、いかにもやる気のなさそうな声が遮ったところで、エレベーターが到着した。小早川は躊躇《ためら》うことなく、すたすたと開いた扉の中へと入っていき、俺は慌てて彼のあとを追った。

「待てよ」

「書いておいてもらえないかな」

箱の中から小早川が、俺に、にっと笑いかけてくる。

「え？」

何を、と問い返すより前に小早川が告げた言葉に、俺はまたも驚きのあまり言葉を失ってしまった。

「実習日誌の下書き」

言ったと同時にエレベーターの扉が閉まり、俺の視界から小早川が消えた。

「…………」

指導員に実習日誌の下書きを書かせるなどという概念は、俺の頭にはなかった。俺だけじゃない、全職員の頭にだってないだろう。

本当にあれは、小早川なのだろうか――七年前、俺の目を釘付けにした、見事な疾走を見せたあの彼なのか――？

酷く失礼な振る舞いをされたというのに、俺は憤るより前に首を傾げてしまっていた。

昼間は小早川に仕事の説明をしていたために、その日も深夜残業になってしまった俺は、二時近くに目黒にある独身寮の自分の部屋に戻った。寝る前にふと机に作りつけてある本棚から高校の卒業アルバムを取り出し、開いてみる。

大学の卒業アルバムは実家にあるというのに、高校のアルバムをわざわざ寮の部屋まで持ってきたのは、この写真が挟んであるからかもしれない、と思いながら俺は、今まで数え切れないくらいに取り出し眺めた写真を――かつて新聞部の友人からもらった、疾走する小早川の写真を手に取った。

苦しげな顔ではあったが、走り終えた満足感に溢れた表情を眺める俺の脳裏に、七年ぶりに再会した彼の、傍若無人としか思えぬ態度のひとつひとつが蘇《よみがえ》る。

この七年の間に、小早川の身に何が起こったというのだろう、と俺は写真に写る高校時代の彼に問いかけたが、答えなど得られるわけもなかった。

まだ初日だし、もしや何か本当に事情があって、早く帰ったのかもしれないし――と、できるだけ小早川を好意的に見ようとしていた期待が翌日には裏切られることなど予測できるわけもなく、俺は暫《しばら》くの間、七年前から俺の心を捉《とら》えてやまない、小早川の写真を一人眺め続けた。

2

日を追うにつれ、小早川の態度の悪さは改まるどころかますます顕著になっていった。

「しかしここまでくると、わざととしか思えないよな」

少しも改まることのない、それどころかエスカレートする小早川の態度の悪さは、彼が社を出たあとの残業時間中の格好の噂話になっていた。

「わざとって？」

今日も合コンなのか、定時のチャイムが鳴ったと同時に席を立った小早川を見送ったあと、憎々しげにそう言い捨てた富田に俺が問い返すと、

「イヤイヤ勤めてるとしか思えないってことさ」

富田はそう言いながら俺へと身を乗り出してきた。

「なんでもあいつ、えらいボンボンらしいぜ」

「なんでわかるんだ？」

「あいつの住んでる場所、知ってるか？　六本木のマンション、しかも３ＬＤＫだってよ」

「家族と同居か？」

「いや、一人暮らしだそうだ。しかも名義はあいつのらしい」

「……へえ」

なぜそんなことを知ってるのかと富田に聞くと、富田は同じ寮の後輩から聞いたのだとニュースソースを明らかにしてくれた。

大学時代、ラグビー部の主将だった彼は、会社でもラグビー部に所属している。そのため俺などと比べて段違いに顔が広く、全社にネットワークをもっていた。

「噂だと、かなりVIPのお預かりじゃないかっていうんだな。同期の女との関係は良好だが、男の評判は相当悪いらしい。もてまくってるそうだから、やっかみも入ってると思うけどな」

「なるほどね」

「まあ、イヤイヤ勤めてるんじゃないなら、よっぽど性格が悪いとしか思えないが、どっちにしろ加納には災難だったよな」

心底同情している様子の富田に愛想笑いを返しながらも、俺はどうにも富田の言う小早川の評判を、素直に受け止めることができないでいた。

俺のイメージしていた小早川という人物像には、イヤイヤ勤めているから勤務態度が悪いという面も、勿論《もちろん》性格が相当悪いという面もなかった。

時が経てば人は変わるというが、たった七年で人格まですっかり変わってしまうことはないだろう、きっとないに違いない、と殆《ほとん》ど祈るような気持ちで、俺は毎日辛抱強く小早川の指導に当たっていたが、笊《ざる》で水を汲《く》むような作業にさすがに疲れを感じていた。

次の日、俺は小早川を今後彼が担当することになる客先へと連れていった。

「くれぐれも礼節は忘れないように」

地下鉄の中でこれでもかというくらいに言い聞かせたというのに、通された応接室で小早川は、始終ぶすっとしており、先方の部長が笑顔で問いかけてくるのにも「ええ」だの「まあ」だのという、気の抜けた相槌《あいづち》しか打たず、俺をひやひやさせた。

社に戻ったあと、この先同じようなことをされては堪らない、と俺は注意を与えるため小早川を会議室に呼び出した。

「先ほどのK社との面談、あの態度はないんじゃないか？」

話を切り出した俺の前で、小早川はいつものように、やっていられない、というような顔になり、肩を竦めてみせた。少しの反省もない彼の態度には、客先でひやひやさせられた分いつも以上に憤ってしまい、俺は思わず、

「本当にどういうつもりなんだ？」

と小早川に詰め寄った。

「別に」

再び肩を竦めてみせた小早川は、俺の憤りなど少しも応えてないようである。怒って駄目

なら説得するしかないかと、俺はつい荒らげそうになる声を必死で抑えながら話を始めた。

「今日訪問したK社は去年から取引が始まったばかりで、今、商流を拡充させようと力を入れている大切な社なんだ。応対してくれた近藤《こんどう》部長は営業の責任者で、当課との取引においてあらゆる決定権を握っている人だ。体育会気質というか、礼儀には非常に厳しい人だから、失礼がないよう、常に気をつけて向かい合わないといけない相手なんだよ。客に対して失礼のないよう振舞うのは当然のことだけれど、特に近藤部長のような難しい相手にはいつも以上に気を配って……」

いかにK社が、K社の近藤部長が大切かを、順を追って丁寧に説明してやることで、小早川に態度を改めさせようとしていた俺の前で、小早川はなんと――くすくすと笑い始めた。

「小早川？」

何が可笑《おか》しいのだ、と俺は怒るよりも前に驚いてしまい、思わず彼の名を呼んでいた。

「重要重要っていうけどさ、この一年のK社との取引額って一体いくらなんだよ」

「え？」

小早川が笑いながら思いもかけない問いかけをしてきたのに、俺は一瞬絶句してしまった。

「K社との取引、あんたが始めたって課長が胸張ってたけどさ、実際はあんた一人も食えてない数字しか上がってないよね」

小早川が馬鹿にしているのを隠そうともせずに俺に話しかけてくる。ずけずけとした物言いで語られる彼の言葉に胸を抉《えぐ》られ、俺はますます言葉を失っていった。

「そんな微々たる額の売り上げしか上がらない会社を『大切な取引先』と思えって方が無理だろ？　せめて半期の利益、億超えるくらいじゃないと、取引自体、続ける意味がないんじゃないかと思うけどね」

「…………」

小早川がわけもわからず俺を罵倒《ばとう》していたのであれば、彼の言葉はここまで俺の胸には突き刺さらなかっただろう。仕事になどまったく興味がないという顔をしていたにもかかわらず、彼が語っている内容は一から十まで事実以外の何ものでもなかった。

黙り込んだ俺を小早川は暫く見ていたが、やがて、

「話すことがないなら、席に戻らせてくれよ」

そう言い、どうなんだ、というように俺の顔を覗《のぞ》き込んできた。

「……ああ」

俺が頷いたのに、小早川は一瞬何かを言いかけたが——悪態のひとつもつこうとしたのではないかと思う——やがて無言で部屋を出ていった。バタンとドアの閉まった音が響く。その音を聞いた途端、俺は掌《てのひら》を両目に押し当て、込み上げる涙を堪《こら》えようとした。

口を利《き》くと声が震えてしまうのがわかっていたので、喋ることができなかった。新入社員の前で、しかもその新入社員にやり込められて泣く姿など、本人には見られたくなかった。

悔しくて泣いたことなど、今までの俺の人生にはなかったように思う。勿論それは、小早川にやりこめられた悔しさなどではなく、自身の不甲斐《ふがい》なさが悔しくて、涙が込み上げてきてしまったのだった。

小早川の言うとおり、K社との取引は俺一人も食えないくらいの数字しか上がっていない。このままだと本当に、この取引を継続していく意味がないといわれても仕方がなかった。

それを改めて思い知らされ、悔し涙をこぼす自分がまた、俺には許せなかった。泣いている暇に努力しろ、取引額を拡大する方法を考えるべきじゃないかとは思うのだが、涙はなかなか収まらなかった。俺は暫くじっと両手に顔を伏せた姿勢のまま部屋から出られずにいたのだが、そのときノックもなく部屋のドアが開く音がし、ぎょっとしたあまり涙に濡《ぬ》れた顔を上げてしまった。

「……あ……」

ドアの向こうにいたのは、なんと、今さっき部屋を出ていったばかりの小早川だった。よりにもよって一番見られたくない相手に、と俺は慌てて指先で涙を拭《ぬぐ》うと、ことさら明るい声を出した。

「どうした？」

「……電話。急いでるから呼んで来いってさ」

小早川は俺の涙に気づかなかったのか、いつものようなぶっきらぼうな口調でそう言い捨てると、俺の返事も待たずにドアを閉めた。

「………」

よかった、と俺は溜め息をつきながら立ち上がり、ドアノブに手をかけたのだが、ふと、小早川は俺が泣いていたことに気づいていたのかもしれない、と思い直した。

だからこそ彼はすぐにドアを閉めてくれたのではないだろうか――。

「……それはないか」

そんな気遣いができるのなら、とっくの昔に彼の態度は改まっているだろう。俺は首を振って頭に浮かんだ馬鹿げた考えを振り落とすと、そういえば誰からの電話ということも聞かなかったと慌てて部屋を飛び出し、席へと戻った。

その日も小早川は定時のチャイムがなると、「お先に失礼します」と立ち上がった。

「また合コンか？」

富田が嫌みな声を出すのを小早川は綺麗《きれい》に無視し、そのままフロアを出ようとした。

「おい、ちょっと待てよ」

普段からあまりいい感情を抱いていない生意気な後輩に無視され、富田の頭に血が上ってしまったらしい。彼の後ろを通り抜けて帰ろうとする小早川の腕をがしっと掴んだのに、小早川は足を止め、煩《うるさ》いなといわんばかりに肩越しに富田を睨《にら》みつけた。

「なんだ、その目は」

「富田、よせよ」

富田の顔色が変わる。同じ課の俺たちは勿論、フロア中の注目をも集めてしまったのがわかり、俺は慌てて立ち上がり富田を制しようとした。

「加納にゃ悪いが、今日はとことん言わせてもらうぜ」

小早川をじろりと睨み返した富田が、彼に向かって宣言する。だが小早川は富田の腕を振り払うと、後ろも見ずにフロアの出口に向かって歩き始めた。

「おい！」

富田が立ち上がってあとを追う。俺も慌てて二人を追い、エレベーターホールに駆け込んだ。

「お前、いい加減にしろよ」

エレベーターホールでは富田が小早川の胸倉を掴んでいた。一足遅かったかと俺は二人に駆け寄り間に割って入った。

「富田、よせよ」

「ほっとけよ。どうしてもこいつには一言言ってやらなきゃ気がすまない」

富田は今にも殴りかかりそうな勢いだったが、対する小早川はさも面倒くさそうな顔をし、抵抗もしていなかった。そんな彼の態度が富田の怒りを煽《あお》るようで、

「おい、聞いてんのかよっ」

更に怒声を張り上げ、小早川を締め上げようとした手を俺は押さえた。

「落ち着け、富田。人に見られたらどうする」

「見たけりゃ見せてやるよ」

「まずいだろう。人事にでも通報されたら注意されるのはお前だぞ」

ほら、と俺は富田の手を摑んで小早川のスーツから外させたのだが、今度は富田の怒りの矛先は俺へと向かってきてしまった。

「だいたいお前もお前だ。なんでまともに怒らないんだよ。こいつに弱みでも握られてるんじゃないのか？　だいたいお前が甘やかすからこいつも増長するんだよ」

「…………」

富田の指摘はあまりに的を射ていて、返す言葉もない。うっと言葉に詰まった俺に、富田が更に怒声を浴びせかけようとしたそのとき、

「お先に失礼します」

やけに冷静な声が響いたと同時に、ポン、とエレベーターが到着する音がした。

「小早川……」

富田も俺も啞然として声のした方を見やる。そこには争いごとなどどこ吹く風、とばかりに涼しい顔をした小早川がやってきたエレベーターに乗り込んでいく姿があった。

「お前っ」

富田が小早川に摑みかかろうとするより前に、俺は、

「俺が言うから」

と彼に言い捨て、小早川のあとを追ってエレベーターに乗り込んだ。同時に背中で扉が閉まり、俺は他に誰も乗り合わせる者がいない広い箱の中で、期せずして小早川と向かい合うことになった。

「…………」

『俺が言うから』と富田に言いはしたが、何を、という内容は少しも考えていなかった。エレベーターは他の階で呼ぶ人がいなかったのか、あっという間に一階に直行しようとしている。

言いたいことは確かにあった。富田の言うよう、俺がきちんと注意しないことが小早川をつけ上がらせているのだとしたら、そこは指導員として厳しく正してやらなければならないとも思った。どうしてそんな、好戦的ともいえる態度を貫いているのか、まずそれを問い質《ただ》さなければと思っているうちにエレベーターは一階に到着し、扉が開いた。

「小早川」

そのまま降りていった小早川のあとを追い、俺もエレベーターを降りた。小早川が肩越しに俺を振り返る。

「……どうせ……」

「え？」

ぼそりと言い出した言葉が聞き取れず問い返した俺に、小早川はエントランスへと向かう歩調を緩めることなく言葉を続けた。

「どうせあんたも、俺の親父に気を遣ってるんだろ。何言っても注意ひとつしないもんな」

「……え？」

言われている内容がまったく理解できず、再び問い返した俺を小早川がまた肩越しに振り返る。

「親父って？」

彼の視線を捉えて問いかけた俺の声に、小早川の足がぴたりと止まった。

「……なんだ、知らないの？」

「え？」

振り返って尋ねてきた小早川に、何を、と眉《まゆ》を顰めて尋ね返す。

「……へえ」

小早川はなんともいえない顔をして俺を見下ろしていたが、やがてふい、と視線を外すとそのまま踵《きびす》を返し、すたすたと歩いていってしまった。

「おい……っ」

追いかけようとしたが、ロビーで彼を待っていたらしい女子社員が手を振って小早川に近づいていくのが見え、俺はそれ以上の追及を諦めた。それにしても彼の父親がどうして関与してくるのだろうと首を傾げていた俺は、今更のように富田に聞いた話を思い出した。

『噂だと、かなりVIPのお預かりじゃないかっていうんだな』

噂は真実で、小早川は重要取引先からの『お預かり』社員だったということなんだろうか。小早川は俺が満足に注意できないのは、自分の父親に気を遣ったせいだと思っていたということか――？

よく考えたら――いや、考えるまでもなく、馬鹿にされたものだ、と俺は溜め息をつき、仕事に戻ろうとエレベーターのボタンを押した。

いくらお預かりだろうと、父親と息子は別物だ。父親の権威に負け、何も言えないでいると思われたのは正直辛かった。

俺が彼に注意をできない理由はそんな馬鹿げたものじゃない。七年前の彼を知っているだけに、なぜに今、まるでわざとのように人の眉を顰めさせる行動に出るのか、その理由がわからないからだ。一体何が彼の性格をこの七年のうちに変えてしまったのか――やってきたエレベーターに乗り込みながらそんなことを考えていた俺はふと、七年前の彼を知っていると言い切れるだろうか、という疑問にまた、小さく溜め息をついた。

そうなのだ――俺の知る七年前の彼は、俺にとっては単なる偶像に過ぎないのだった。直接話したこともなければ、視線を交わしたことすらない。俺の知る彼の人となりは、すべて伝聞や噂から知り得た情報に過ぎない。

それでは『知っていた』ということにはならないよな、と上昇するエレベーターの中、表示階の点滅を眺めながらまた一人溜め息をついた俺の脳裏に、煌く汗を飛ばしゴールする七年前の小早川の姿が過《よ》ぎった。

翌日の夜、俺は小早川を初めての接待の席に連れていくことになっていた。前日訪問したK社の営業部にも新入社員が五名配属され、その歓迎会をするので同席したらどうかといきなり誘われたのである。

「おたくの新人も連れてらっしゃい」

前日、あれだけ小早川が愛想のない対応をしていただけに誘われては断ることもできず、一抹どころではない大きな不安を抱えながらも俺は小早川を連れ、K社の新人歓迎会の席に臨んだ。

小早川には事前に『くれぐれも失礼のないように』と念を押しはしたが、この程度の売上額では取引を継続する意味がないのでは、と本人が思っているだけに、それを態度に出すのではないかと俺はずっとひやひやしっぱなしだった。

自分で言うのもなんだが、K社の近藤部長は俺のことを気に入ってくれており、こうした会社の催しに招かれるのは今回が初めてではなかった。

「やあ、よくきてくれたね」

にこにこ笑いながら部長が自分の隣の席を示してくれたのに、

「お招きいただき光栄です」

俺はそう頭を下げ、小早川にも頭を下げるよう目で促した。

「きたな、大型新人が」

あはは、と近藤部長がわざとらしいくらいの大声で笑い、小早川の背をバシッと叩く。上下関係に厳しい彼はやはり、前日の小早川の態度を面白くなく思っていたらしい。

小早川は一瞬むっとした顔をしたが、彼にしては珍しく悪態をつくことなく、

「お招きありがとうございます」

近藤部長に大人しく頭を下げてくれ、ひやひやしながら二人を見守っていた俺をほっとさせた。

新人歓迎会の参加者は三十名ほどだった。中華料理店の広い個室で行われていたその会の

メインイベントは、五名入ったという新人たちの自己紹介と芸だった。

かなり練習したらしい彼らの芝居仕立てのステージが終わると、室内にはやんややんやの歓声が湧き起こった。皆、酒も随分進んでいて、近藤部長などは真っ赤な顔を笑いにほころばせ、

「なかなか有望な新人たちだろ」

と俺の背を勢いよく叩き、大声で笑った。

「本当に。頼もしいですね」

お愛想を返した俺の前で、近藤部長が「そうだ」と何か思いついた顔になる。

「なんでしょう」

「おたくの新人にも、なんか芸をしてもらおう！」

近藤部長の大声に、おお、という歓声がまた起こった。

「そりゃあいい。一流商社マンの新人芸なんざ、滅多に見られませんからね」

「どんな芸を見せてくれるのか、楽しみだ」

近藤部長の周囲に集まる、腰巾着《こしぎんちゃく》のような係長やら課長やらが、尻馬に乗ってそう騒ぎ出す。

新人芸か——そういえば俺も新人のとき、K社ではなかったが連れていかれた接待の席で、芸をしろと強要されたことがあったと思い出に浸っている余裕はなかった。

「馬鹿馬鹿しい」

冷め切った小早川の声が、室内に響き渡ったからである。

「お、おい……」

いきなり何を言い出したのだと驚いたのは俺だけではなかった。盛り上がっていた社員たちが皆して口を閉ざし、座は一瞬にして水を打ったような静けさに包まれる。

「『馬鹿馬鹿しい』？」

最初に口を開いたのは近藤部長だった。酒が入っているからか、社外の人間に対する遠慮のかけらも見えない不機嫌な声を出す彼に、俺の緊張は高まった。

「馬鹿馬鹿しくてできない、とでも言うのかな？」

「大変申し訳ありませんっ」

近藤部長が食ってかかるのに、小早川が答えるより前に、俺は部長の前で深く頭を下げた。

「加納さん、おたくの新人、一体なんなのよ」

彼の注意が俺へと逸れたのに心の中でほっとしつつ、俺はただただ深く頭を下げ続けた。

「本当に申し訳ありません。指導不足でご不快な思いをさせてしまい、お詫《わ》びのしようもありません」

「本当だよ。社会人としてなってないんじゃないの？」

近藤部長がじろり、と小早川を睨んだのに、小早川が何か言い返そうとする。小早川が近藤部長の機嫌を宥めるどころか激昂《げっこう》されかねないことを言うとしか思えず、俺は慌てて近藤部長の腕を掴んだ。

「私がかわりにっ！」

「かわりに？　芸をしてくれるって？」

近藤部長の注意がまた俺に戻る。

「はい！」

頷きはしたが、俺にはこれという芸がなかった。新人時代、芸をやれと言われるたびにこれで乗り切ってきたのだと、俺は紹興酒の入ったグラスを手に立ち上がった。

「芸がありませんので、ここはイッキさせていただきます！」

「おお、イッキか！」

「こりゃあいい！　イケメンの加納さんがどんなイッキを見せてくれるのか楽しみだ」

「目の保養だな」

座がまたどっと沸いたのに、俺はやれやれ、と安堵《あんど》の息を吐きつつ、

「いきます！」

と手の中のグラスを一気に空けた。

「まさか一杯とは言わないよな」

「続けていこう、続けて！」

イッキをやればたいていの酒宴は盛り上がる。ドバドバと注がれた紹興酒を俺がまたイッキすると、室内に歓声が上がった。

「ほら、ウチの新人も負けるな」

「イッキ合戦といきましょう」

近藤部長が自分の社の新入社員をけしかけ、どちらが早く飲めるか競争しろという流れになった。もともと酒にそれほど強くない俺はそのうち気分が悪くなってきてしまったが、なんとか会合が終わるまでは気力で持ちこたえ、近藤部長の横で笑顔を振りまき続けた。


ようやく一次会が終わり、二次会に誘われたが、丁重に断り近藤部長を始めK社の社員たちを店の外で見送った。

彼らの姿が見えなくなった途端、俺は店にとって返しトイレに駆け込んだ。ひとしきり吐き終わったあと、がんがん痛む頭を抱えて個室を出る。口を漱《すす》ごうと鏡に映した顔は真っ白だったが、客の前で吐かずにすんでよかった、と俺はばしゃばしゃと冷たい水で顔を洗った。

酔っ払ってしまったせいで、途中から俺は小早川にかまっている余裕をまったくなくしていた。だが、よろよろしながら店を出た途端、所在なさげに佇《たたず》んでいる姿を見つけ、てっきり帰っただろうと思っていただけに驚き、思わずまじまじと彼を見やってしまった。

「大丈夫？」

その上、そんな問いかけをされては、夢でも見ているとしか思えず、俺は阿呆《あほう》のようにぽかん、と口を開けていたのだが、再び、

「大丈夫？　って聞いてるんだけど」

幾分不機嫌な声で尋ねられ、はっと我に返った。

「あ、ああ……」

「車に乗れるのなら、送っていくけど」

「……え？」

一体どういう風の吹き回しだ――やはり夢でも見ているのではないだろうかと、呆然《ぼうぜん》としていた俺の背に小早川の腕が回る。

「すぐ乗れる？」

「……あ、ああ……」

背中にあたる小早川の腕は、夢というには実在感がありすぎた。半ば信じられない気持ちで頷いた俺を支えるように小早川は歩き始めると、すぐにやってきたタクシーの空車に手を上げて停め、俺を先に乗せてくれた。

「寮だっけ」

「……ああ」

小早川に尋ねられて頷いたものの、彼が俺の住んでいる場所を把握していたことにもまた、俺は驚いてしまっていた。

ときどき吐き気が込み上げてくるから、これは現実のことだと認識できるが、小早川が俺を送ってくれるなど、信じられないとしか言いようがない。夢じゃないよな、としつこいくらいに浮かんでくる考えを打ち消そうと軽く頭を振ったのと同時に眩暈《めまい》を覚え、目を閉じた俺の耳に、ぶすっとした小早川の声が響いてきた。

「まったく、なんだってそんな無茶するんだか」

「…………それはさ」

小早川としては独り言のつもりだったのだろう。俺が答えるとは思っていなかったらしく、隣に座る彼の身体がびく、と震えたのがわかった。

「……お前が言うよう、K社との取引は俺一人食えないくらいの小さなものだけどさ、入社して俺が初めて自分で開拓し、築き上げてきた商権なんだよ」

なぜ俺は、小早川にこんなことを話す気になったのか——酔いが俺の背を押したのか、夢と現実の狭間《はざま》にいるような感覚に、心に思うことを洗いざらい喋りたくでもなったのか、それとも——酔った俺を送ってくれている今なら、小早川も俺の言葉に耳を傾けてくれるとでも思ったのか。

どれもがその理由のようで、どれもがまた、真実からは少しずれているような感じがしたが、疾走する車の中、俺はぽつぽつと話を続けていった。

「……まだまだ取り扱い品目は少ないし、額も小さいけれど、これから一生懸命育てていきたいと思っている。お前からしてみたら、やる価値もないような小さな取引かもしれないけれど、俺はこの仕事を大きくするのにやりがいを感じてるし、こういう、仕事に対するやりがいみたいなものを、お前にも教えてやりたいと思ってるんだ」

「………………」

自然と口調が熱っぽくなる。素面《しらふ》の状態では話せないような熱い言葉を語っていた自分にふと我に返り、小早川に笑われているのではないかと、薄く目を開け、先ほどから黙り込んでいる彼を見やった。

普段の彼なら、『馬鹿馬鹿しい』と冷笑を浮かべていても不思議はないと思うのだが、俺の視界の中の彼は、酷く真面目な顔をしてじっと黙り込んでいた。

どうしたのだろう、と首を傾げたときにまた眩暈に襲われ、俺は再び目を閉じると、小早川とは反対側のドアにもたれかかり、窓ガラスに額をつけた。

冷たいガラスの感覚が心地よい。

「大丈夫か？」

横から響いてきた小早川の声に大丈夫だ、と目を閉じたまま頷いた俺の瞼《まぶた》の裏に、今見たばかりの彼の真摯《しんし》な表情が浮かぶ。

一体小早川は今、何を想い、何を感じているのだろう――幻の彼の顔はなぜかいつまでも俺の脳裏から消えてはくれず、車が寮に着くまでの間、酔いでくらくらする俺の頭を悩ませ続けた。

# 3

道が空《す》いていたため、寮には三十分ほどで到着した。小早川は先に車を降り、俺が降りるのに手を貸してくれたが、当然そのあと車に戻ると思われた彼は、運転手に金を払うとまた俺の傍《そば》へと取って返し、俺を驚かせた。

「あの？」

「部屋まで送るよ」

「いや、別に……」

確かに足は酷くふらついていたが、歩けないほどではなかった。それでも小早川は帰るとは言わず、俺のあとについて寮の入り口をくぐると部屋の前までついてきた。

当社のこの目黒の独身寮は、バブルの頃に建てられたもので、全室個室であり、狭くはあったが、ホテルのシングルルームのような小奇麗な部屋の作りになっていた。

風呂とトイレは共同だったが、作り付けのベッドと机、それに小型の冷蔵庫が全室に備わっているのはありがたかった。

ふらつく足で部屋へと入った俺のあとに続き、小早川も室内に足を踏み入れた。きょろきょろと興味深そうにあたりを見回している彼に、俺は自分が飲みたかったために冷蔵庫から取り出したエビアンを、「お前も飲むか？」と示してみせた。

「ああ」

頷いた彼にペットボトルを投げ、自分用にも一本を冷蔵庫から取り出す。

「適当に座ってくれ」

「あんたこそ寝たら」

相変わらず愛想のない口調ではあったが、言われている内容は親切だと思いつつ、俺はベッドに腰掛け、ペットボトルのキャップを捻《ひね》った。小早川は俺の机の前に座り、やはりペットボトルを開けかけたのだったが、

「あれ」

驚いたような声を上げ、俺を振り返って尋ねてきた。

「なんだ、あんたも都立武蔵《むさし》なの？」

「あ……」

なぜそれを、と俺は問い返そうとして、自分が高校時代のアルバムを机の上に出しっぱなしにしていたことに改めて気づいた。

「へえ、全然知らなかった」

言いながら小早川がアルバムを開き、ぱらぱらと捲《めく》り始める。

「学年が違ったしな」

気づかなくても仕方がない、と相槌を打った俺はまだ随分酔っていたようだ。そうでなければ、いつまでも小早川にアルバムを捲らせてはいなかっただろう。

「え？」

エビアンを喉《のど》に流し込んでいた俺は、小早川が訝《いぶか》しげな声を上げたときも、何が起こっているのかに気づかなかった。

「なにこれ」

椅子を回して俺を振り返った彼が、俺の前にそれを——七年前の彼の写真をかざしてみせた、そのとき初めて、俺は、しまった、と息を呑《の》んだが既に後の祭りだった。

「ねえ、なんであんたが俺の写真なんか持ってるの？」

「それは……」

不審そうに眉を顰めて問いかけてくる小早川に、俺は一瞬どう答えようかと迷ったが、正直に言うしかないかと、ぼそぼそと話し始めた。

「……俺が高三のときの体育祭の写真なんだけど……学校新聞に記事が出たの、覚えてないか？　学年リレーでアンカー走ったろ？」

「…………」

小早川が遠い記憶を呼び起こすような顔になる。相槌はなかったが、沈黙が重くて俺はまたぽつぽつと話を続けた。

「……バトンを渡されるまで最下位だったのに、アンカーのお前がどんどん前の選手を抜いていって二位になった、その姿に俺はすごく感動したんだ。風のように走ってる姿が本当に眩《まぶ》しくて、ゴールするまで目が放せなかった。校内新聞に掲載されたこの写真は友人が撮ったんだけど、あのリレーのときのお前の輝いている姿がそのまま写ってるこれがどうしても欲しくなってしまって、それで……」

「ふうん」

いつの間にか口調が熱くなってしまっていた俺の話を、やけに冷めた小早川の相槌が遮った。

「……あの……？」

がたん、と音を立てて小早川が椅子から立ち上がり、俺の前に立つ。どう見ても彼は怒っているようで、一体俺の話のどこに不快感を覚えたのかと、俺は戸惑いながら彼を見上げた。

「あんたさ、肖像権って言葉知ってる？」

「……ああ……？」

知ってる、と頷いた俺の前に、小早川は七年前の彼の写真をかざしてきた。

「不愉快なんだよね。あんたがこんな昔の俺の写真、持ってるっていうのがさ」

「あ！」

言いながら小早川が俺に見せ付けるように、写真を真ん中からビリリ、と裂いたのに、俺は思わず大きな声を上げていた。小早川は二つに裂いた写真を更にまた重ねて次々と破り、宙に破片を放り投げる。

「……なぜ……」

写真の破片は俺の座るベッドに、床に散らばっていき、その行方《ゆくえ》を俺はただ呆然と目で追うことしかできないでいた。

「なぜも何も、気味悪いだろ？　前々から気にはなってたんだよな。あんたのもの欲しげな視線にはさ」

小早川が憎々しげな声を出す。

「……え？」

正直な話、俺は彼が何を言っているのかまったくわからなかった。呆然としたまま顔を上げた俺の目に、小早川の変にぎらついた目が、怒りを露《あらわ》にした顔が飛び込んでくる。

不機嫌な顔ならいくらでも見てきたが、ここまであからさまに彼が怒っているところを俺は見たことがなかった。一体何が彼を激昂させているのかわからず、迫力ある鋭い眼光に息を呑んだ俺は、続く彼の言葉にますます言葉を失っていった。

「高校のときから俺に気があったのかよ。あの写真、オカズにしてたんじゃないだろうな？」

「な……っ」

何を言い出したのだ、と驚きの声を上げた俺は、肩を摑まれ、ベッドに押し倒されたのにまた驚き、のし掛かってきた小早川の胸を必死で押し上げようとした。

「俺に気があるから注意のひとつもできなかったってわけか？　何が『走る姿が眩しかった』だよ。あんた、ホモか？」

「ちが……」

違う、と小早川の胸を再び押しやろうとした両手を捉えられ、頭の上で押さえ込まれる。

「そういう目で見られていたかと思うと、吐き気がするね」

俺の抵抗を封じた小早川が、近く顔を寄せ、さも汚らわしい、というように眉を顰めて言い捨てる。違う、と首を横に振ろうとした俺は、彼の手が俺の胸をすべり、下肢へと向かってゆくのにぎょっとし、目を見開いた。

「実際のところ、どうなんだよ。オカズにしてたんだろう？」

「やめろ……っ」

小早川の手がスラックス越しに、ぎゅっとそこを握ってくる。わけがわからないながらも、いきなりの彼の行為に驚きと嫌悪から俺は必死で身体を捩《よじ》ったが、小早川の手は緩まなかった。

「俺に触って欲しかったのかな？　それとももっといやらしいこと、考えてたのかよ？」

スラックスのファスナーが下ろされ、小早川の手が中へと入ってくる。

「よせっ」

萎《な》えた雄を引っ張り出した小早川が、いきなりそれを扱《しご》き上げてきたのに、俺は堪《たま》らず悲鳴を上げたのだが、小早川は鼻で笑っただけだった。

「もう勃ちかけてんじゃないの。どうだよ、本物にしてもらってる気分はさ」

「……やめてくれ……っ……そんなつもりじゃ……っ」

小早川の言うよう、俺の雄は既に熱を孕《はら》み、彼の手の中でびくびくと震えていた。鼓動が一気に速まり、頭に血が上ってゆくのがわかる。

「そんなつもりじゃなかった？　じゃあどんなつもりだったんだ？　もっとハードな想像してたって？」

いやらしいな、と笑いながら小早川が俺を扱く手のスピードを上げる。

「やめ……っ……あっ……」

叫んだと同時に、まるで女の喘《あえ》ぎ声のような息が漏れてしまい、慌てて俺は唇を噛《か》んで込み上げてくる声を飲み込んだのだが、小早川の耳には既に届いてしまっていたらしい。

「やっぱり悦《よろこ》んでんじゃないの」

馬鹿にしたように笑ったと思った次の瞬間には、俺は彼に強引にうつ伏せにされ、抵抗する間もなくスラックスを膝《ひざ》まで下ろされていた。

「……何を……っ」

腹に小早川の腕が回り、腰を高く上げさせられる。裸に剝《む》かれた尻を摑まれたと思ったときには、ぐっとそこに何かが——小早川の指だとあとからわかった——突っ込まれ、あまりの違和感に俺は息を呑んだ。

「俺に犯されるところとか想像して、何回もイッてたんじゃないの？」

ぐるり、と中で小早川の指が蠢《うごめ》く。

「違う……っ……そんなことは……っ」

得たこともない中への感覚に俺の全身は震え額には脂汗が滲《にじ》み始めた。怖い、という気持ちと、気色の悪さから、吐き気が込み上げてくる。

「想像するだけじゃつまらないだろ？　犯してやるよ」

嫌悪に震える俺の背に圧し掛かってきた小早川が、耳元で囁いてきたと同時に、腹に回っていた彼の手が萎えかけていた俺を握り締めた。

「やめろ……っ」

巧みな手淫《しゅいん》が始まり、あっという間に俺の雄が硬さを取り戻してゆく。そのとき後ろで蠢いていた指があるところを押したのに、彼の手の中で俺の雄がびくっと大きく脈打った。

「あっ……」

ぽたぽたと先端から先走りの液が零《こぼ》れ落ち、俺の唇からはまた、女が喘ぐときのような声が漏れる。わけのわからない感覚にその場にへたり込みそうになった俺の耳元に、くすりと笑う小早川の声が響いた。

「前立腺《ぜんりつせん》だよ。気持ちよさそうじゃない」

ぐいぐいとそこを抉られながら、勢いよく前を扱き上げられる。前後への絶え間ない刺激にいつしか俺の身体は、嫌悪ではなく快感に震え始めていた。

「……あっ……はぁっ……あっ……」

抑えようとしても込み上げる声は、もう飲み込みきることはできなかった。快楽が俺から思考を、羞恥《しゅうち》を奪い、気づいたときには俺は高く声を上げ、腰を揺すってしまっていた。

後ろを抉る小早川の指の本数は既に二本に増えていた。三本目が挿入されたときにも俺のそこは易々と受け入れ、乱暴に蠢く三本の指が生み出す快感に激しい収縮を繰り返した。

「あっ……」

一斉に指が抜かれたと同時に、ずぶり、と太いものがそこに挿入されてきた。指とは比べ物にならない質感に、俺の身体が強張《こわば》る。

「キツいな。力、抜けよ」

ぴしゃ、と尻を叩かれたのに、反射的に振り返った俺は、自分の目が捕らえた光景に一気に現実に引き戻されてしまった。

「……やめ……っ」

小早川が俺の裸の尻を摑み、後孔に雄を捻《ね》じ込もうとしている。飛んでいた思考が戻ったと同時に戸惑いと嫌悪が俺の身体を強張らせ、小早川の挿入をますます妨げてしまったようだ。

「力を抜かないと、辛いのはそっちだぜ？」

ぴしゃ、とまた小早川が俺の尻を叩く。

「やめてくれ……っ」

いやだ、と必死で前へと逃れようとした俺の腹に小早川の両腕が回り、ぐっと彼へと引き寄せられた。

「痛っ」

同時に腰を進めた小早川に一気に奥まで貫かれ、あまりの痛みに俺は悲鳴を上げた。

「……っ」

小早川の動きが一瞬止まる。が、次の瞬間には激しい突き上げが始まり、増幅する痛みに俺は悲鳴を上げ続けた。

「……やめろ……っ……っ……やめてくれっ……」

ぴりぴりと入り口が裂けるひりつく痛みと、容赦なく奥を抉られる重く鈍い痛みが俺を苛《さいな》み、なんとか苦痛から逃れたくて俺はシーツの上で前へとずり上がろうとした。が、そのたびに小早川は俺の腰を摑んで引き戻し、一段と激しく突き上げ続ける。

「……いやだ……っ……もうっ……っ…やめ……っ」

痛みが俺の意識を次第に朦朧《もうろう》とさせていった。下半身には既に感覚がなくなっている。延延と続く小早川の律動がようやく終わりをみせたときには、俺は半分意識がないような状態だった。

「……っ」

低く声を漏らした小早川が俺の後ろで達する気配がした。ずしり、と精液の重さを感じ、痛みが増したが、もう俺には悲鳴を上げる元気は残っていなかった。

ずるり、と小早川の萎えた雄が抜かれたと同時に、彼の手が腰から去ってゆき、支えを失った俺の身体はベッドの上に崩れ落ちた。

「なんだ、初めてだったのかよ」

相変わらず人を小馬鹿にしたような小早川の声が聞こえていたが、答える気力はなかった。下半身を裸に剝かれたまま、不恰好《ぶかっこう》にベッドの上に崩れ落ちた姿勢でいる俺を小早川は少しの間見下ろしていたようだったが、やがてなんの挨拶もせず、一人部屋を出ていってしまった。

「…………」

バタン、とドアが閉まった音がし、静寂が室内に訪れる。未だに自分の身に何が起こったのか、実感として捉えることができないでいた俺だが、どろり、と小早川の放った精液が流れ出し、腿《もも》を伝わってシーツへと落ちる感触の気味悪さに耐えられず、身体を起こした。

足首にたまるスラックスを引き上げ、ベッドに座り直す。シーツの上に散らばる写真の破片が目に入り、無意識のうちにそれへと伸ばした俺の指先がぶるぶると震え始めた。

「……う……」

今更のように嗚咽《おえつ》が込み上げてきて、俺は両手に顔を伏せた。次々と涙が盛り上がり、指の間から膝へとぽたぽたと流れ落ちてゆく。

「…………」

こんな――こんなことを望んでいたわけじゃなかった。

七年前、確かに俺は強烈に小早川に惹《ひ》かれはしたが、彼を穢《けが》そうなどとは考えたこともなかった。

『実際のところ、どうなんだよ。オカズにしてたんだろう?』

大切に仕舞い込んでいた写真を、彼の言うように使ったことなど一度もなかった。

ただ俺は、あの日の小早川の風のように走り去る美しい姿を、輝く彼の汗を、そして何より、諦めることを知らない彼の闘志を、大切な思い出として手元に残しておきたかった、それだけだったのに――。

『不愉快なんだよね』

言葉どおり、心から不快そうに眉を顰めた小早川の顔が俺の脳裏に蘇る。

「……う……」

犯されたことへのショックより、彼に疎まれたことに傷つく想いがしている自分自身を持て余す俺の目から、尽きることを知らないように涙は流れ、夜が白々と明けてきて尚、俺は両手に顔を埋《うず》め、声を殺して泣き続けた。

翌朝、俺はいつもより早い時間に出社した。

ほとんど眠れなかったため、というよりは、常に八時半には出社している竹内課長に話をしたかったからだった。

明け方、ようやく気持ちが落ち着いたあと俺は、千切られた写真の断片をひとつ残らず拾い上げ、つなぎ合わせてみようと試みた。が、写真の破片の中の小早川の苦しげな顔が俺を拒絶しているように思えてしまい、途中で貼り合わせるのをやめてまっさらな封筒の中に仕舞い込み、またアルバムに挟んだ。

八時半に出社すると、課員はまだ誰も来ておらず、竹内課長一人がパソコンのキーを叩いていた。部下以上にハードな仕事を明るくこなす彼も、富田同様体育会出身だった。豪放磊落《ごうほうらいらく》で部下思いの繊細な面も併せもつ彼は、それゆえ課員たちの人望も厚く、彼のためなら頑張ろうと思える、俺にとっては理想の上司だった。

「なんだ、加納。早いな」

今日も爽やかな笑顔を向けてきた課長に「お話が」と持ちかけると、課長は俺が言いたいことを半ば察していたようで、

「部屋に行こうか」

と俺を会議室へと誘った。

「話というのは、もしかして小早川のことか?」

「はい」

会議室で向かい合わせに座ったあと、問いかけてきた課長に俺は言葉少なく頷いた。

「どうした」

「実は、指導員をやめさせていただけないかと……」

一晩考えた末に出した結論だった。同じ会社に勤めているから顔を合わせるのは仕方がないとしても、指導員として今までのように彼の面倒を見、始終一緒にいることに俺はとても耐えられそうになかった。

それは彼に犯されたから、という理由もあったが、彼に疎まれて尚、指導を続けることに耐えられない、という理由のほうが大きかった。眉間《みけん》にくっきりと縦皺《たてじわ》を刻んだ小早川の顔は見たくない——あんな乱暴をされたというのに、怒りが込み上げてこないことは俺自身にも説明がつかなかったが、怒りでも悲しみでもどちらにしても、もう小早川にはかかわらな

いほうがいいだろう、と俺は自身に判断を下し、無理を承知で課長に直訴を試みたのだった。

「……そんなことじゃないかと思ってたよ」

竹内課長は少し困ったような顔をして笑うと、暫く言葉を探すように黙り込んだ。

「……恥ずかしい話ですが、小早川を指導する自信がなくなりました」

言っていることは嘘ではなかった。俺には小早川の気持ちが少しも読めない。この先どうやって彼を育ててやれるか、皆目見当がつかない俺に、彼の指導はどう考えても無理だった。

「……お前の言いたいことはわかる。小早川の態度は社内外で随分問題になっているらしいしな」

課長がようやく口を開く。いくら説得されたとしても、なんとか指導員をやめさせてもらおうと俺は机の下で拳《こぶし》を握り締めたのだが、「実はな」と課長が始めた話は、俺の考えてもいないものだった。

「……お前の耳にも噂が入ってきてるかもしれないが、小早川は当社の鉄鋼部門の最重要取引先の社長の息子でな」

「……そうだったんですか」

ここで課長は部門違いの俺でも社名を知っている大企業の名を挙げ、小早川が大手にしては珍しくオーナー企業であるこの社の跡継ぎであると言う事実を教えてくれた。

「だからといって、我慢しろ、と言ってるわけじゃないんだ。いくら重要取引先からのお預かりだからといって、好き勝手やっていいというほど社会は甘くないからな」

「……ええ……」

確かにそうだが、実際小早川は好き放題を許されている。一番許していたのは俺であるので、それを言う資格はないだろうが、などと考えていた俺に課長は話を続けた。

「本人にも、父親にもその自覚はあるようで、彼がお預かりだということは一切社内では明かさないと、緘口令《かんこうれい》が敷かれていたんだ。まあ、人の口に戸は立てられないのたとえどおり、早くも漏れ始めてはいるようだがね。だが小早川の態度があぁも悪いのは単に、父親の威信をかさにきてるから、というわけじゃないんだ」

「……はあ……」

どうして本人でもないのにそんなことがわかるのだ、と俺が疑問に思ったのがわかったのだろう。課長は小さく頷いてみせると、

「実は、俺は大学時代の小早川を知ってるんだよ」

思いもかけないことを言い出し、俺を驚かせた。

「そうだったんですか」

「ああ、W大の陸上部で一緒だった。随分年が離れているからそれほど親しかったわけじゃないが、大学時代のあいつの人となりは直接目にもしてきたし、人からの評判も聞いている」

「……やっぱり陸上部だったんですか」

「やっぱり？」

思わず呟《つぶや》いた俺に、課長が不思議そうな顔で問い返す。

「いえ……」

話の続きが気になり、俺は言葉を濁すと、「それで？」と課長に問い返した。

「短距離ではインカレに何度も出場していた、将来有望な選手だった。本人は陸上の道を進みたいという希望を持っていたんだが、あいにく一人息子でな、親からは大学卒業後は陸上をやめ、会社を継いで欲しいと言われ続けていたんだそうだ。親子間でかなり揉《も》めてはいたらしいんだが、自分の道は自分で決める、と小早川は意志を曲げようとせず、なんとか父親を説得したらしい。だが、大学四年になって靭帯《じんたい》を損傷してしまってな、走ることができなくなってしまった」

「……え……」

走れない、と聞いた瞬間、俺の頭には風を切るようなスピードで疾走していた七年前の彼の姿が浮かんでいた。

「……一年間休学し、日常生活に支障がない程度には回復したんだが、選手生命は絶たれてしまったんだ。本人がショックを受けているところにもってきて、父親が『走れないなら』と自分の会社を継ぐよう、強要したそうなんだよ。もう少し気持ちが落ち着くまで待ってやればよかったものを、勝手にウチの会社に社会勉強のためと入社も決めてしまったらしい。

目標としていた陸上選手の道を失い、勝手に自分の前に進むべき人生のレールを敷かれて、それであいつはあんなにやさぐれてしまってるんだよ。もとは素直な性格で、先輩は立てるし後輩の面倒はよく見る、明るいいい奴だったんだが……」

「…………」

そうだ——高校時代の小早川も、課長の言うような生徒だった。

課長の話に頷きながら、俺は小早川が味わったであろう苦悩を思い、いたましさのあまり思わずぎゅっと目を閉じた。

「……走ることが本当に好きだったそうでな、オリンピック候補に挙がるような選手じゃなくてもいい、いつまでもどんな形でも走っていたい、と言っていた彼が、走ることができなくなってしまった——人生の指標を失ってしまったところにもってきて、無理やり新たな人生を押し付けられた。あいつが自棄《やけ》になる気持ちはわからんでもないが、でも、それを許してちゃあ、あいつはここで終わってしまう。だからな」

課長が軽く机を叩いた音に、俺ははっとして目を開けた。

「……だから、お前に指導員を頼むことにしたんだ」

「……え……」

真摯な瞳で見据えられ、一瞬言葉に詰まると、課長は俺を買い被《かぶ》っているとしか思えない言葉を続け、俺を恐縮させていった。

「お前は課内では誰より面倒見もいいし、キャパも広い。それに物事を決して諦めない粘り強さをもっている。お前なら小早川を見捨てることなく、最後まで面倒見てくれるんじゃないか——彼を立ち直らせてくれるんじゃないかと思ってな」

「……そんな……」

それほどの人格者ではない、と俯《うつむ》いた俺の肩を、課長がぽん、と叩く。

「頼む、加納。もう少しだけ、小早川の面倒を見てはもらえないだろうか」

「………」

お前しかいないんだ、と課長に頭を下げられ、俺は返答に詰まってしまった。

小早川の苦悩を知った今、昨夜の彼の怒りが何に根ざしているのかが初めて理解できた。

彼は俺の言葉に傷ついたのだ。

『何が「走る姿が眩しかった」だよ』

憎々しげに言い捨てた彼の声が、俺の耳に蘇る。

走れなくなった今の彼にとって、かつての『走る姿』を賞賛されることがどれだけ辛かったか——どれだけ傷ついたことかと思う俺の胸は、今、尽きぬほどの後悔に満ちていた。

謝りたい、と思った。知らぬこととはいえ、傷つけてすまなかったと、俺は彼に謝りたくて仕方がなかった。

「どうだろう、加納。もう少し頑張ってくれるか？」

竹内課長が、頼む、というように俺の顔を覗き込んでくる。

「……はい」

指導員を断るつもりであったはずの俺の胸には今、苦しんでいる小早川をなんとか救いたい、その想いだけが溢れていた。

# 4

課長との話を終えて席に戻ると、既に課員たちは皆出社していて、俺に興味深げな視線を向けてきた。

「どうしたんだよ」

朝から課長とかなり長い間、打ち合わせをしていたことを察した富田が、前の席から問いかけてくる。

「うん、ちょっと……」

さすがに説明はできないと言葉を濁した俺に、

「なんだよ、何か揉め事か？」

富田が心配そうに眉を顰め、ちらと俺の隣の席へと視線を向けた。未だ出社していない小早川の席だ。

「なんでもないよ」

鋭いな、と思いつつも俺がそう首を横に振ったとき、

「おはようございます」

いかにもやる気のなさそうな声がしたと同時に、当の小早川が出社してきた。

「おはよう」

挨拶を返した俺を見て、小早川は一瞬虚を衝かれた顔になったが、すぐにぶすっとした表情のまま、何も言わずに席に着き、パソコンの電源を入れた。

「おい、小早川。先輩が挨拶してるんだから、『おはようございます』くらい言ったらどうなんだよ」

富田が憤った声を出すのに、小早川は煩そうに顔を上げると、

「おはようございます」

一音一音強調するようなわざとらしい大声で富田に向かってそう言い、更に彼の怒りを誘った。

「お前なあ」

「富田、よせよ」

課内に緊張が走ったのを感じ、俺は富田を慌てて制すると、小早川へと視線を向けた。

「小早川」

「……なんだよ」

小早川は俺の呼びかけに一瞬戸惑ってみせたが、すぐにいつものようなふてぶてしい顔を取り戻し、じろり、と俺を睨んできた。

「…………」

厳しい彼の視線に昨夜の行為が蘇り、びく、と身体が震えてしまう。声まで震えそうになるのを俺は必死で押さえ込むと、

「K社の近藤部長に、昨日の会食の礼の電話を入れるの、忘れないようにな」

そう言い、なんとか気力で微笑《ほほえ》んでみせた。

「…………」

小早川は俺のひきつった笑顔を暫くじっと睨んでいたが、やがて「わかりました」と返事をし、卓上電話の受話器を上げた。どうやら近藤部長にかけるらしい。

「藤菱《ふじびし》商事の小早川と申します。近藤部長ご在席でしょうか」

そつない口調で電話をかける彼の声を聞くとはなしに聞きながら俺は、彼の指導員を続けるという選択は、自分にとって決して楽な道ではなかったということを、今更のように思い知り、心の中で密《ひそ》かに溜め息をついた。

その日、小早川は比較的大人しく俺のいうことを聞いていた。とはいえ、態度が改まったというわけではなく、俺の出方を待っている、そんな感じだった。

正午を告げるチャイムが鳴ったとき、いつもは無言で席を立ち、ふらっといなくなってしまう小早川が席にいた。

「メシ、行かないか」

富田が声をかけたのに頷いた俺を、小早川が、ちらと見上げてくる。

「小早川も行かないか？」

それまでも何度か彼を昼食に誘った――とはいえ、行き先は社員食堂で三十分もしないうちに席に戻ってはくるのだが――ことはあったが、一度も彼が乗ってきたことはなかった。

今回も多分断るだろうなと思っていた俺の前で、小早川は一瞬何か言いたそうな顔をしたが、すぐ、

「行かない」

ぶすっと一言そう言い、ふいと横を向いてしまった。

「加納、行こうぜ。エレベーターが混《こ》んじまう」

「……ああ……」

富田にせかされエレベーターホールへと向かったが、既にエレベーターは混んでいて、俺たちは暫く待ちぼうけを食わされることになった。

「しかし来ないな」

富田が溜め息をついたとき、エレベーターホールに小早川が現れた。まだ俺たちがエレベーターに乗れずにいたことは彼にとって想定外だったようで、驚いたように目を見開いたが、すぐそっぽを向いてしまって声をかけるきっかけを俺は逸した。

「それにしても加納、随分顔色悪いが身体の具合でも悪いのか？」

富田も小早川に気づいていたが、彼は敢《あ》えて無視すると、そう俺の顔を覗き込んできた。

「いや、別に」

確かに体調は最悪だった。昨夜の接待の痛飲に加え、小早川の行為が残した痛みがまだ疼《うず》いていて、身体を動かすのは億劫《おっくう》で仕方なかったが、小早川のいる場で『体調が悪い』と言うのはなぜか憚《はばか》られ、俺は無理に笑って首を横に振った。

「そうか？」

「いつもこんなもんだよ」

心配そうに顔を覗き込んでくる富田に答えながら、なんだか視線を感じて俺はちらと小早川を見やった。が、彼はそっぽを向いたままで、それからすぐやってきたエレベーターに共に乗り込んできたものの、俺のほうを見ようともせず、一人ふらっと一階で降りていってしまい、結局その日俺たちの間では仕事以外の会話は一切なされることはなかった。

翌日も俺は、やる気のなさそうな彼をメーカーに連れていったり、仕事の引継ぎをしたりしていつものように過ごした。小早川の態度は相変わらずだったが、その夜、珍しく定時になっても小早川は席を立たなかった。

かわりに、というわけではないが、課長と富田が接待、他の課の先輩たちもそれぞれに飲み会があるとのことで、八時を過ぎた頃にはフロアには俺と小早川、二人だけが残っていた。

今日に限って一体どういう風の吹き回しだ、と俺はちらと傍らの席の彼を見やったのだが、そのときちょうど小早川が顔を上げたものだから、期せずして目が合ってしまった。

「なんだよ」

じろり、と俺を睨んできた小早川に、

「いや……」

心の準備ができていなかったせいもあり、俺は一瞬言葉を失ったのだが、彼の手元を見てどうやら実習日誌を書いているらしいことがわかり、話題をそちらへと振ることにした。

「昨日の実習日誌に書いてあったK社との基本契約書についてなんだが、今現在締結しているのが……」

「あのさ」

説明をし始めた俺の言葉を、小早川のいかにも不機嫌そうな声が遮った。

「……え？」

どき、と変に胸の鼓動が速まってゆく。俺の鼓動は小早川が乱暴に席を立ち、俺の前に立ったときに更に速まり、俺の頬に血を上らせていった。

「どういうつもりだよ」

「……なにが？」

低く問いかけてきた小早川が、俺の肩を摑む。痛いほどの力に顔を顰《しか》めながら問い返した俺に、

「まだ、指導員を続ける気かよ」

小早川はそう言うと、摑んだ俺の肩を離した。

「……ああ。やめる気はない」

「あんな目に遭ったっていうのに？」

言いながら小早川が、俺の顔から胸へと視線を落としてゆく。

「………」

舐《な》めるような視線にまた俺の頰に血が上っていったが、ふと目を上げた小早川が俺の赤い顔を見ていかにも不快そうに眉を顰めた、その顔を見るのに耐えられずに俺は目を伏せた。

「あのセックスがよかったから、とでも言うんじゃないだろうな」

小早川の手がまた伸びてきた気配を察し、俺は思わずその手を払いのけてしまった。

「……痛っ」

パシッと高い音が響いたと同時に、俺の反撃が思いもよらないものだったのか、小早川が低く呻《うめ》く。

「すまない」

手の甲を押さえて俺を睨みつけている彼に頭を下げた俺は、今こそ謝るときだと、改めて彼の前で頭を下げようとしたのだったが、

「……っ」

いきなり伸びてきた小早川の手に胸倉を摑まれたと同時に、勢いをつけて机の上に引き倒され、パソコンのキーボードやら書類やら、文房具やらが上体に当たる痛みに呻いた。

「なにを……っ」

驚いた身体を起こそうとした俺の背中を押さえつけていた小早川のもう片方の手が俺のベルトにかかり、手早くはずし始める。

「よせっ」

「そんなによかったんなら、また犯してやるよ」

耳元で囁かれた言葉に、あの夜の苦痛が蘇り、やみくもに手足をばたつかせ、俺はなんとか小早川の手を逃れようと暴れまくった。

「なんだよ、不服か？」

だが圧倒的な腕力の差はどうにもしがたく、勢いづいて仰向《あおむ》けになった俺から小早川は一気にスラックスを剝《は》ぎ取ると、尚も暴れる俺のシャツを摑んで一気に引き剝ごうとした。

「よせっ」

パチパチとボタンが飛び散る音が響いたと同時に乱暴にシャツの前を開かれ、下着代わりのTシャツを胸の辺りまで捲《まく》り上げられる。

「そういや、机の上でサカッてた社員がいたそうじゃないか。こんな感じだったのかねえ」

にやり、と笑った小早川が俺の両脚を摑み、腰を上げさせる。煌々《こうこう》と灯《あか》りのつくオフィスで、ほとんど裸のまま机の上に寝かされている自身の姿を思うと恥ずかしくてどうにかなりそうだったが、小早川が俺の片脚を離し、自身のファスナーを下ろし始めたのには、羞恥よりも恐怖が俺の身体を染めていった。

「やめてくれっ……」

あのときの痛みの記憶が俺に大きな悲鳴を上げさせていた。抵抗しようにも、両脚をがっちりと押さえ込まれてしまっていては、身動きをとることもできなかった。怒張しきった小早川の雄が俺の後ろへと押し当てられる。

「痛っ」

ずぶり、と先端が挿入され、苦痛に顔を歪《ゆが》めた俺を小早川は一瞬見下ろしたあと、俺の両脚を抱え直すと一気に腰を進めてきた。

「……あぁっ……」

身体を引き裂かれるような痛みに、また俺の口からは大きな悲鳴が漏れていた。ずんずんと奥を抉る律動の容赦のなさは一昨日《おととい》のままで、単に自身の欲情を吐き出すことが目的としか思えない動きが延々と俺を襲い続ける。

「……やめてくれ……っ……小早川っ……」

いくら懇願しても、小早川の律動は止まらなかった。ギシギシと机が揺れ、時折机の上の文房具が床に落ちる音が響く。

「……くっ……」

前よりは幾分早く小早川は達し、伸び上がるようにして俺の中に精を吐き出した。

「……っ」

そのますぐに小早川が乱暴に俺の脚を離す。勢い余って俺は床へと崩れ落ちてしまったのだが、その間に小早川は手早くファスナーを上げると、まるで何事もなかったかのようにすたすたとフロアを出ていった。

「……痛《つう》……っ」

床に崩れ落ちたときにしたたかに肘《ひじ》を打ち付けてしまい、痛みに身体を屈《かが》めた俺の目からぼろぼろと涙が零れ落ちる。

どうしてこんな目に遭わなければならないのだろう——人が来るかもしれないと、捲り上げられたシャツを下ろし、床に落ちていたスラックスを引き寄せながらも、涙はぽたぽたと俺の目から零れ続けた。

小早川は何を思って俺を犯したのか。俺が指導員を続けることがそんなに厭《いと》わしかったのか——。

「う……」

わからない——小早川が何を考えているのか、俺には少しもわからなかった。

ただひとつわかることは、彼が俺を傷つけようとしたことだ、という事実がまたやるせなく、脱がされた服を身につけながらも俺は嗚咽に肩を震わせ続けた。

シャツのボタンがほとんど飛んでしまっていたこのような姿で、いつまでも会社にいることはできないと、俺はスーツの前をかきあわせるようにして社を出、タクシーで帰路に着いた。

運転手は泣きはらした俺の顔と俺の服装に興味深そうな視線を向けてきたが、聞くのも悪いと思ったのか一言も話しかけずにいてくれた。

三十分ほどで寮に帰り着いた俺は、誰にも見られないことを祈りつつ足早に自分の部屋へと向かった。十時前という時間帯が幸いし、エントランスからはかなり遠いところにある俺の部屋まで誰とも顔を合わせることなく辿りつくことができた幸運に、俺が安堵の息を吐いたそのとき――。

「おい、加納」

いきなり隣の部屋のドアが開いたと同時に、富田が顔を出したものだから、俺はぎょっとしその場に立ち尽くしてしまった。

「……お前、どうしたんだよ」

富田も俺の姿にぎょっとしたように暫くドアノブを摑んだまま立ち尽くしていたが、はっとした俺が部屋に飛び込もうとするより一瞬早く俺の腕を摑み、強引に彼の部屋へと引きずっていった。

「加納、お前、一体何があったんだ？」

「……何も……」

接待は早い時間にお開きになったらしい。それほど酒を飲んでいる気配はなかったが、普段より大きな声を出しているところを見ると、見掛けよりは酔っているのかもしれない——そんなどうでもいいことを考えてしまうのは、この状況をいかに切り抜けるかを考えなければいけない現実から逃避したいがゆえだった。

「何もないわけないだろ？　シャツは破けてるし顔だって……」

俺を怒鳴りつけていた富田が、はっとした顔になる。

「お前、もしかして……」

「なんでもない」

痛ましげに眉を顰めたその表情から、富田に気づかれてしまったことを察した俺は、強い語調で彼の言葉を遮った。

「……誰にやられたんだ？」

富田は、だが俺の言葉を無視し、がしっと俺の両肩を摑んで顔を覗き込んできた。

「……だからなんでもないって」

何もないと言い切るしか、彼の追及を逃れる術《すべ》はない。俺は頑《かたく》なに首を横に振り続けたのだが、富田が口にした名前に、思わずびく、と身体を震わせてしまった。

「小早川だろ？」

迷うことなく言い当てられてしまった驚きが、『違う』という否定の言葉を発するのを一瞬遅らせた。

「やっぱりそうか。あいつにやられたんだな？」

「違う」

念を押され、慌てて首を横に振ったが、富田が得た確信を揺るがせることはもうできなかった。

「どうしてだよ、加納。なんだってあいつをそんなに庇《かば》うんだよ」

そんな目に遭ってまで、と富田が俺の肩を摑む手に力を込める。

「痛っ」

「悪い」

慌てて彼が俺の肩を離した、その隙に俺は富田に背を向け、彼の部屋を駆け出していた。

「おい、加納！」

慌ててあとを追ってきた富田を振り切り、俺は自分の部屋に入ると鍵をかけてベッドに身体を投げ出した。

「加納！　開けろよ！　話を聞かせてくれ！」

ドンドンと富田が扉を叩く音から逃れたくて、頭から上掛けをかぶり、耳を塞《ふさ》ぐ。

「俺はもう、課長に言うぞ！　いいな？」

富田の声が響いていたが、俺はどうしても彼と顔を合わせる気にはなれず、布団の中でじっと身を竦《すく》ませ続けていた。

小早川に再び犯されたショックにそれを富田に知られたショックが重なり、俺はもう、どうしたらいいのかまったく判断がつかない状態に陥ってしまっていた。

せめて富田に口止めをしなければ、と思うのだが、とてもその気力はなく、俺はがたがたと震える身体を自分の腕で抱き締めながら、眠れぬ夜を過ごしたのだった。


翌朝、気力でなんとか冷静さを取り戻した俺は、七時に富田の部屋のドアを叩いたが、彼は既に寮を出たあとだった。

まさか、と俺は慌てて支度をし、会社へと急いだ。富田が課長に報告するより前に、彼に口止めをしたかったのだ。

だが俺が出社したときには既に富田も竹内課長も出社していた。前夜のうちに富田が課長に電話をし、事情を話したということを俺はあとから富田に聞いた。

「加納、ちょっといいか」

息を切らせて出社した俺に、課長が固い声を出し、俺を会議室へと促した。富田の痛ましげな視線を感じながら俺は課長のあとに続き、昨日と同じ会議室で彼と向かい合った。

「……富田から聞いたが、小早川に乱暴されたというのは本当なのか？」

喋りやすい雰囲気を作ろうとしたのか、無理に作った笑顔を向けてきた竹内課長の前で、俺は、

「いいえ」

と首を横に振った。

「……言いたくない気持ちはわかるが、隠さなくてもいい。もしかして指導員をやめたい、と言ってきたのもそれが原因なのか？」

「…………違います」

俺がいくら否定しても、既に課長の頭では、俺が小早川に乱暴されたということが事実として認識されてしまっているようだった。

「おかしいと思ったんだ。滅多なことでは音を上げないお前がやめたいと言ってくるなんて……だが、そういう事情があったのならお前が小早川を見限るのもわかる」

「いえ、そういうわけではないんです」

俺の必死の否定も、課長の耳には届かなかった。

「それなのに指導員を続けてくれなどと頼んで本当に申し訳なかった」

深々と頭を下げてきた課長に、俺は「違うんです」と尚も否定しようとしたが、課長は「もういい」と首を横に振り、俺の言葉を制した。

「……確かにお前は男にしておくのは勿体《もったい》ないような綺麗な顔をしてはいるが、まさか小早川がそこまで無茶をするとは思わなかった。もう、当社では面倒を見きれないと、人事に報告したよ」

「えっ？」

人事に報告――という言葉に顔色を変えた俺を見て、課長は慌てて説明を補足した。

「勿論、お前が乱暴された云々《うんぬん》は伝えていない。今までの彼の勤惰態度で十分人事は納得してくれたよ」

「しかし、課長、俺は本当に乱暴などされていないんです」

このままでは小早川は会社を辞めさせられてしまう。それだけは回避したいと俺は必死で言葉を続けていたのだが、なぜ自分がここまで食い下がるのかは自分自身にもわかっていなかった。

俺にわからないことは課長には更にわからないようで、

「どうしてそんなに小早川を庇う？」

心底不思議そうに問いかけられ、俺は一瞬言葉に詰まった。

「……俺がお前に『小早川を頼む』などとお願いしたからか？　あれは……」

「そういうわけじゃなく、俺は本当に小早川に乱暴など……」

課長が説得モードに入ったのがわかり、俺は彼の言葉を遮ったのだが、そんな俺の反論を課長はズバッと斬り返してきて俺を絶句させた。

「もういい、加納。今朝、小早川本人に確認した。彼はお前に性的暴力を加えたとはっきり認めたよ」

「え……」

そんな、と呆然とする俺に、課長は心底同情したような視線を向け、ぽん、と俺の肩を再び叩いた。

「……父親の手前、依願退職の形をとらせてほしいとお願いされた。今日の午後に退職届を持ってくるそうだ」

「…………」

小早川が認めた——その上、会社を辞めようとしている、という事実を知らされ、俺は頭の中が真っ白になってしまっていた。

「お前には本当に申し訳ないことをした。一日も早く心の傷が癒えるよう、俺もできるかぎりのことをしたいと思っている」

課長の熱のこもった言葉が遠くに聞こえていたが、彼が何を言っているのか、まるで理解していなかった。

小早川が辞める――そのことだけが俺の頭の中でぐるぐると渦巻き、何一つまともに考えることができない。

唯一考えられたことは――。

「おい、加納！」

ガタン、と席を立った俺に、課長が驚きの声を上げる。

「加納、どうした？」

「失礼します」

課長の声を背に俺は会議室を飛び出し、そのままフロアを突っ切ってエレベーターホールへと向かっていた。

「加納？」

富田があとを追ってきた気配を感じたが、振り返る余裕はなかった。すぐにやってきたエレベーターに乗り込み、一階を押す。ポケットから手帳を取り出し、部員の住所録を貼り付けた部分を開いて一番下の欄を見た。

『小早川隆祐　港区六本木……』

住所を頭の中に叩き込んでいるうちにエレベーターは一階に到着し、ぽつぽつ出社してきた社員たちの間を縫ってタクシー乗り場へと走った。

「六本木」

住所を告げると、できたばかりの高級マンションだと言う。さすが当社最重要取引先、しかもオーナー社長の息子だ、と感心したと同時に、一体俺は何をしようとしているのかと、自分の行動に首を傾げ、シートに倒れ込んだ。

小早川が会社を辞める、と聞いた瞬間、矢も盾もたまらず飛び出してしまっていた。なぜ辞めるのかも気になったが、何より俺は、彼に会社を辞めてもらいたくなかった。なんとか説得できないかと、その思いに突き動かされ、思わず飛び出してしまったのだが、自分がなぜこんなにも小早川を引き止めたいと思っているのかは、未だに自分でもよくわからなかった。

会社を辞めてしまったら、二度と会えなくなってしまう――。

流れる車窓の風景を眺めていた俺の頭に、ふとそんな言葉が浮かぶ。

だからなんだろうか。二度と会えなくなるのが嫌だから、俺は小早川を引き止めようとしているのだろうか――。

わからないな、と俺は溜め息をつき目を閉じた。

走れないという苦悩を抱えていた彼――それを知らずに傷つけてしまったことを、俺はまだ謝れていない。

それが気になっているだけなのか。単に謝りたいと思って、俺は社を飛び出し、彼のもとに向かっているのだろうか。

『何が「走る姿が眩しかった」だよ』

憎々しげに言い捨てた小早川は、そのときどんな顔をしていたのだったか——。

酷く辛い顔をしていたのかもしれない、と俺は記憶の中の彼の顔を呼び起こそうという努力を続けながら、車が六本木に到着するのを今や遅しと待ち続けた。


三十分ほどで六本木の超高層マンションに到着した俺は、また手帳を取り出し小早川の部屋番号をチェックした。エントランスに入り、オートロックを操作する。

『……はい……』

カチャ、インターホンが外れた音がし、小早川のどこか戸惑ったような声が響いてきた。俺の姿はカメラを通じて彼の目に届いているらしい。

「加納だ。話があるんだけど」

わかっていると思いつつ名乗った俺に、小早川は一瞬沈黙したあと、

『どうぞ』

いつもの無愛想な口調で答え、プツ、とインターホンは切れた。同時にドアのロックが解除される音がエントランスに響き渡る。

自動ドアから中に入り、エレベーターで彼の部屋がある十二階へと向かう。あと数分後には小早川と顔を合わせるというのに、未だに俺は自分が何を言いに訪れたのかを自分でも把握していなかった。

小早川の部屋は奥まったところにあり、エレベーターを降りたあと俺は少し迷ってしまった。インターホンを押すと、応対に出ることなくドアが開き、シャツにジーンズという姿の小早川がぶすっとした顔で俺を出迎えてくれた。

「……どうも……」

「……どうぞ」

なんと挨拶していいかわからず、頭を下げた俺に、小早川もなんと答えていいか迷ったようで、ぼそりとそう言うと先に室内にとって返してしまった。閉まりかけたドアを開き、俺も彼の家の中に入る。

「鍵、お願い」

「ああ」

既にリビングへと戻りかけていた小早川が、肩越しに振り返ってそう言ってきたのに、俺は頷き、二箇所ある鍵をかけたあと「お邪魔します」と靴を脱いだ。

外観の立派さを裏切らない、豪華な内装の部屋だった。富田はここが小早川の名義だと言っていたが本当なんだろうか、と思いつつ、ぐるり、と周囲を見回していた俺の耳に、不機嫌さを隠そうともしない小早川の声が響いた。

「で、何しにきたのさ」

「……会社を辞めると聞いて……」

「ああ」

俺の答えに小早川は、なんだ、というように頷くと、「座れば？」と総革張りのソファを顎《あご》で示した。

「なんか飲む？」

「いや……」

首を横に振った俺を小早川はちらと見たが、ひとりキッチンへと消えていくと、手に缶ビールを二缶持って戻ってきた。

「はい」

「…………」

朝からビールか、と一瞬躊躇《ちゅうちょ》したが、小早川は既にアルコールを摂取しているらしいことがわかり、俺も付き合うかとビールを受け取った。

「乾杯」

そう言いながらも俺がプルタブを上げるのを待たず、小早川は立ったまま一人でビールを一気に呷《あお》ると、どさっと音を立てて俺の横へと腰を下ろした。

「……で？」

「……え？」

問い返した俺の目に、小早川が不快そうに眉を顰めた顔が映る。

「辞めるって聞いて、恨み言のひとつも言いにきたとか？」

「……いや……」

小早川が、俺の来た目的を尋ねているのだと察し、俺は手の中のビールをテーブルへと戻すと、改めて彼へと向き直った。

「そのことなんだけど、考え直してもらえないかと思って」

「考え直すって、何を」

小早川が俺の置いたビールを取り上げ、ぐびり、と一口飲んで俺に差し出してくる。

「会社を辞めるのを」

受け取った缶をまたテーブルに戻しながら俺がそう言うと、小早川は一瞬きょとん、とした顔になったあと、大きな声で笑い始めた。

「いきなり何を言い出すのかと思ったら」

可笑しい、とひとしきりげらげら笑ったあと、小早川はまたテーブルからビールを取り上げ、一気に呷った。

「なんだってまた？　俺が辞めて、せいせいすることはあっても、困ることなんかないだろうに」

ぐしゃ、と手の中で缶を潰《つぶ》し、小早川がぽん、とそれをテーブルの上に放り投げる。

「……頼むから考え直してくれ」

確かに困ることは何一つなかった。このまま彼が態度を改めず居続けることの方がどれだけ困ったかわからないが、それでも俺は彼に会社を辞めてほしくなかった。

「わからないな。別にあんたには関係ないだろ」

小早川が首を傾げるのももっともだった。確かに彼がいようが辞めようが俺には関係ないことだ。

「それともなに？　アレが癖になっちゃったとか？」

小早川がにやり、と笑い、俺へと身を乗り出してくる。

「……アレ？」

「セックスだよ、セックス。痛い痛いってわめいてたけど、いつの間にか快感に……って？」

「……違う」

腕をつかまれそうになり、俺は反射的にその手を振り払ってしまった。

「だよな。癖になってたら課長に言いつけたりはしないもんな」

ジョークだよ、と肩を竦めてみせた小早川に、俺は、

「違う」

課長になど言いつけていない、と訴えようとした。

「それもジョーク。誰かの密告だそうだな」

小早川はまた肩を竦めたあと、背もたれにドサッと身体を落とし、天井を見上げるような姿勢になった。

「好き放題やってたから、そろそろ潮時だと思ってたよ。どうせ親父の会社を継ぐことになるんだ。今辞めようが一年後に辞めようが同じことさ」

投げやりな口調で一気にそうまくし立てた小早川が、なんと相槌を打っていいのか迷い黙り込んでいた俺へと、ちら、と視線を向けてくる。

「あんたには悪いことをしたと思うよ。こんなこと言っても今更、と思われるだろうけどね」

「………」

確かに彼には苦労をかけさせられもしたし、酷い目に遭いもした。それでも俺は、彼が社を辞めるとわかったときには、考え直してほしいと堪らずこうして家を訪れている。

その理由は多分――。

「それなのに、会社を辞めるのを考え直してほしいなんて言われて、驚いたよ。一体どうい

うわけ？」

「……それは……」

どう答えればいいのだろう、と口ごもった俺をからかおうとしたらしい、小早川の笑いを含んだ声が響く。

「そういや俺の高校時代の写真、大事に持ってたんだよな。もしかしてあの頃から、ずっと俺のことが好きだったとか？」

そりゃないか、と小早川が声を上げて笑う。

「……多分、好きなんだと思う」

室内に響き渡った彼の哄笑《こうしょう》が、俺の答えに一瞬にして止《や》んだ。

「なに？」

心底驚いた顔になった小早川に、俺はもう一度ゆっくりと、同じ言葉を繰り返した。

「俺は多分、お前のことが好きなんだ」

小早川は相当驚いたのか、いつもの悪態をつくことなく、ぽかんとして俺の顔を見つめている。俺は自分の想いを確かめるよう、一つ一つを噛み締めるようにゆっくりと、言葉を綴《つづ》っていった。

「……七年前、体育祭でお前を初めて見たとき強烈に惹かれるものを感じた。多分そのときから、俺はお前が好きだったんだと思う」

「…………」

小早川の顔が微《かす》かに歪んだのがわかった。俺が彼の過去の姿を思い描いていると誤解されたくなくて、俺は慌てて口を開いた。

「俺がお前に惹かれたのは、単に走る姿がかっこよかったとか、スピードが速かったとか、そんなことじゃないんだ。お前はもう覚えてないかもしれないけど、あのときお前のクラスは最下位で、トップとは半周近く差がついてしまっていたというのに、それでも決して諦めることなく全力疾走してた。その姿が俺の目には本当に眩しく映ってたんだ」

「…………」

小早川の眉間の皺が微かに緩んだ気がした。俺の話は彼の胸に届いているのだろうかと思いつつ、俺は話を続けた。

「……俺はよく、粘り強い性格だと言われるけれど、その粘り強さはあのときのお前への憧《あこが》れに根ざしてるんだ。諦めそうになったとき、俺はいつもあのリレーで、どんなに差がついていても諦めずにスピードを上げたお前の姿を思い出して、心の支えにしてた。あの写真はお前が言うようにオカズにするために持ってたんじゃないんだ。俺にとっては本当に、大切なものだったんだよ」

「……本気でそう思ってたわけじゃないよ」

ぼそ、と小早川が小さな声でそう言うのに、俺は、うん、と頷くと、そっぽを向いてしまった彼の顔を覗き込んだ。

「……走れなくなってしまったという話を課長から聞いたとき、そのつもりはないのに俺の言葉がお前を傷つけたのがわかった。それを謝りたいと思ったのと同時に、また、お前が昔の輝いているお前に戻れるよう、その手助けをしたいと思った……走れない辛さは、軽々しく『わかる』なんて言えるものじゃないなんてことは、勿論俺にもわかってる。でも俺は昔の、輝いていたお前に戻って欲しいんだ。会社を辞めてしまえばもう、お前とは会う機会もなくなってしまう。お前にはこんな中途半端なまま、人生を放り出すようなことをさせたくないんだ」

「……もう、やめてくれよ」

再びぼそり、と呟いた小早川の声が、切々と彼に訴えかけていた俺の言葉を遮った。

「……お前に何がわかる、と言いたい気持ちはわかる。でも俺は……」

ここで怯《ひる》んだら負けだ——勝ちも負けもないのだが、もう二度と彼と話す機会はなくなってしまうと、俺は必死で彼の顔を覗き込み、訴えかけようとしたのだが——。

「え?」

いきなり伸びてきた腕が俺の背に回り、小早川の胸に抱き締められる。一体何が起こっているのかと戸惑っている俺の耳元に、ぶっきらぼうな——でも決して、怒ってはいない小早川のとつとつとした声が響いてきた。

「……悪かった……悪かったよ。あんたを傷つけるつもりはなかった。あんたに悪気なんかないってことは、最初からわかってたんだ」

「……え？」

彼は何を言おうとしているのだろう、と首を傾げた俺の耳元で、今度は小早川が言葉を探すようにゆっくりと話し始めていた。

「……最初に指導員だとあんたを紹介されたときには、綺麗な人だなとは思ったけれど、大して興味は覚えなかった。でも近くにいると何事にも一生懸命なあんたの姿が眩しく感じられるようになった……」

小早川の、俺の背を抱く腕にぐっと力が込められる。合わせた胸から響いてくる彼の鼓動が、耳朶《じだ》にかかる彼の息が、ある種の期待感を生み俺の鼓動をやたらと速めていった。

「……俺がどんなにぞんざいな態度をとってもあんたは声を荒立てなかった。最初俺はそれを、俺の親父に気を遣っているのだとばかり思っていたけれど、あんたが何も知らないらしいとわかると、なぜ、そんなに俺に対して寛大なんだと不思議に思うようになった……期待してしまったんだ」

「……期待？」

何を期待したのかという俺の問いに、小早川が一瞬言葉に詰まったのがわかった。

「……もしかしたらあんたが、俺に好意を持ってくれてるんじゃないかと思ったんだよ」

「……あ……」

その『期待』か、と俺は納得したと同時に、それは期待でもなんでもなく、事実だったと告げようとしたが、口を挟むより前に小早川は話を続けていった。

「……接待の夜、あんたの寮で自分の昔の写真を見つけたとき、確かにあんたは俺に好意を抱いてくれているのかもしれないが、それは今の俺じゃない、過去の俺に対してだと思い知らされ、つい逆上してしまった。走れない俺はもう輝けない――あんたがそう言ったわけじゃないのに、勝手に俺は傷ついて、逆にあんたを酷く傷つけてしまった」

「……あれは……」

俺も悪かったのだ、と言おうとした俺に、「あんたは悪くない」と小早川はきっぱりと言いきると、俺の背をぐっと抱きしめ直した。

「……無理やり犯した俺をあんたは許さないだろうと思った。てっきり指導員をやめると思ったのに、あんたの態度は変わらなかった。もしかしたら俺を受け入れてくれているのかもしれない――またあんたに対して期待が膨らんでしまうのが怖かった。それならこっちから拒絶してやろうと、また傷つけるようなことをしてしまったというのに、それでもあんたは……」

小早川が微かに俺を抱き締める腕を解《ほど》き、じっと顔を見下ろしてくる。

「……あんたは、こうして俺を訪ねてくれた」

「……うん」

俺は力強く頷くと、小早川の背に腕を回し、ぐっと彼の背を抱き締めた。

「……失いたくなかったから」

「………加納さん」

俺を見下ろす小早川の目が、驚きに見開かれる。

「……お前が会社を辞めると聞いたとき、どうしてもここに来ずにはいられなかった。自分でもどうしてだろうと思っていたけれど、今ならわかる」

言いながら俺は小早川の胸に身体を寄せた。

「お前が好きだからだ」

「……加納さん……」

小早川が俺から微かに身体を離し、頬に手を添え上を向かせようとする。

「……今まで、本当に申し訳なかったと思います」

真摯な口調で詫びる彼の前で、俺は、微笑みながら静かに首を横に振った。

「キス……してもいいかな」

そんな俺に小早川がどこかおずおずとした口調で囁きかけてくる。

「……うん」

彼を『好きだ』という気持ちには、彼を支えたいという思いとともに、彼に触れたいという欲求もあった。小早川も俺に触れたいと思っているのかと思うと、嬉しさと共に欲情というに相応《ふさわ》しい熱い想いも込み上げてきて、身体が微かに震え始めた。

「……加納さん」

目を閉じた俺に小早川がゆっくりと覆いかぶさり、彼の唇が唇に触れた。

「……ん……」

しっとりとした唇が俺の唇を覆い、じんわりと吸い上げてくる。自然と薄く開いてしまった唇の間から差し入れられた彼の舌が、歯列を割る刺激に、びく、と俺の身体は震え、彼の背にしがみつく手に力がこもった。

「……ぁっ……」

ぐっと力強く抱き締められたと同時にきつく舌を吸われ、身体の芯にじんわりと熱がともってゆくのがわかる。唇の端から零れる唾液を拾おうとするかのように激しく唇を合わせてくる小早川の背をぐっと抱き寄せようとした俺は、そのままソファへと押し倒されていった。

「……んんっ……」

小早川の手が俺のタイにかかったと思った次の瞬間には、しゅるり、と音を立ててシャツからタイが抜かれていた。ボタンを外す手も、スラックスのファスナーにかかる指先も、今までの彼とはまるで違い、いたわりに満ちたものだった。

あっという間に服を脱がされ、全裸になった俺に、やはり全裸になった小早川がゆっくりと覆いかぶさってくる。

「二回もあんな酷い抱き方をしてしまって……本当にごめん……」

「……もう、いいから……」

笑って首を横に振った俺に、再び「ごめん」と謝りながら、小早川が唇を寄せてくる。

「……ん……」

唇を重ねながら小早川が俺の胸を撫《な》で上げ、つん、と勃ち上がった胸の突起を摘《つま》み上げる。

その刺激に俺は合わせた唇の間から微かに声を漏らしてしまった。

「……あっ……」

唇を合わせたまま小早川は目を細めて微笑むと、丹念な仕草で俺の胸を弄《いじ》り始めた。

「……あっ……やっ……あぁっ……」

じわじわと下肢から、快感の波が這《は》い上ってくる。堪らず捩った俺の身体を、小早川の手が、唇が這い回り、俺を今まで感じたことのない快楽の世界へと追い込んでいった。

自分がこんなにも感じやすい体質だとは、彼に触れられるまでわからなかった。小早川の指先が腰骨をなぞるのに、びく、と俺の身体は震え、彼の唇が乳首を捉えるのに、また、びくびくと震えて俺を戸惑わせていった。

「やっ……」

胸から腹へと滑っていった小早川の唇が、丁寧な愛撫《あいぶ》で既に勃ちきっていた雄を捉える。

熱い口内にすっぽりと納められ、それだけで達しそうになってしまい、思わず俺を銜《くわ》える彼の髪を摑んだ。

痛みを覚えたのか顔を上げた小早川と目が合ってしまったあと、雄を口に含んだまま微笑んできた彼の顔に、羞恥ばかりか快楽まで煽られ、彼の巧みすぎる口淫から受ける刺激と相俟って我慢の限界が近づいてくる。

「やめ……っ」

「……どうして？」

小早川が口を利いたと同時に、ぽろり、と勃ちきった俺の雄が彼の形のいい唇から零れ落ち、パシッと俺の腹へと当たった。

「あっ」

堪らず声を漏らした俺を、小早川が澄んだ瞳で見上げてくる。

「どうして『やめて』なんて言うの？」

「もう……」

出てしまう、と言うのは恥ずかしくてできず、唇を嚙んだ俺に、小早川は瞳を細めて微笑むと、再び雄に手を添え先端に唇を寄せてきた。

「……やっ……」

滲み出る先走りの液を吸い取り、音を立てて先端にキスをする。

「……もっともっとよくしてあげたい。あんたが悶《もだ》えまくるくらい、気持ちいいことしてあげたいんだよ」

ね、と小早川が微笑み、またちゅ、と音を立てて雄の先端にキスをした。声に笑いは滲んでいたがからかっている風には聞こえなかった。心底俺に快感を与えたいと思っていることを小早川は真摯に輝く瞳と行為で示してくれた。

「あぁっ……」

ゆっくりとまた雄を口へと含み、きつく舌を先端に絡めると一気に竿《さお》を指で扱き上げる。

その途端、我慢できずに俺は達し、彼の口の中にこれでもかというほど精を吐き出してしまっていた。

「……ごめ……っ」

しまった、と腰を引こうとした俺の下肢から、ごくり、と小早川が喉を鳴らす音が響いてくる。

飲んだのか、と驚いている俺の脚の間から顔を上げた小早川が、ようやく雄を口から離すと、にこ、と微笑みかけてきた。

「美味《お》しかった……あんたのだと思うと殊更に」

「……馬鹿……」

かあっと頭に血が上ったあまり、思わず悪態をついてしまった俺を、先に起き上がった小早川がソファから抱き上げる。

「続きはベッドで」

うん、と頷いた俺の身体を、小早川が抱き直し、ゆっくりした歩調で寝室へと向かってゆく。俺は彼の首にしっかりと両手を回すと、二人初めて気持ちが通じ合っての行為への期待に胸を膨らませ、彼にしがみつく手に力を込めた。


その日の午後、退職届を持参する予定だった小早川は、俺と一緒に出社し、もう一度この社でやり直したい、と竹内課長の前で深く頭を下げて詫びた。

「……しかし人事が……」

課長は渋ったが、人事部には既に小早川の父親が手を回してくれていたため、彼の退職を白紙に戻してもらうことができた。

「親父の力を借りるのは不本意だったけど」

これぱっかりは仕方がない、と肩を竦めた小早川だったが、こうしてやり直させてもらったからには心を入れ替えて頑張るつもりだと宣言し、彼のやる気を改めて俺に示してみせた。

「一度失った信用を取り戻すのは大変だと思うけれど、頑張るから」

「……うん」

今までの投げやりな態度を微塵《みじん》も感じさせない小早川の表情は、俺の目には酷く輝いて見えていた。

小早川はこれから『走ること』にかわる新たな人生の指標を求め、歩き出そうとしている。その瞬間に居合わせることができた幸運を噛み締め、この先もずっと彼を支え続けてやりたいと思う俺の心を読んだかのように、小早川は俺の背をぐっと抱くと、

「本当に頑張るから」

耳元にそう、力強く囁いてきたのだった。

# 君に、恋に落ちた夜

# 1

「やぁ……っ」

奥深いところを抉《えぐ》られるたび、堪《たま》らず高い声が漏れてしまう。身体《からだ》を重ねるようになって一年以上になり、最初は苦痛しか覚えなかった行為にもすっかり慣れ、恥ずかしながら『快感』としかいいようのない感覚を得られるようになっている。

男のくせに、AV女優のような喘《あえ》ぎ声を上げるのは、さすがに抵抗がある。が、声を堪《こら》えていられるのは最初のうちだけで、すぐに我を忘れ、あんあんと、やたらといやらしい声が漏れてしまうことを俺は結構気にしていた。

一方、俺にそんな声を上げさせている張本人である小早川《こばやかわ》のほうは、気にするどころか、我慢するほうがおかしい、と逆に声を上げさせようとする。

「それだけ感じるってことは、二人の身体の相性がいいってことだろ？」

我慢することないじゃん、と言い、俺の我慢を突き崩そうと、愛撫《あいぶ》に一段と熱を入れるのだ。

年下のくせに——しかも、新入社員だった彼は指導員の俺から指導を受ける身だという立場だったくせに、ベッドの中での主導権は常に小早川にある。

　指導員制度は三ヶ月限定だし、何より小早川はもう二年目で新入社員でもないのだが、それでも俺が年長者なのには変わりはないはずで、少しくらい立ててくれてもいいと思うのだけれど、その気配はまったくない。

　いや、会社内ではしっかり、立ててくれているのだが――などというクレームを心の中で並べ立てるような余裕をいつまでも持っていられなくなった。小早川が俺の両脚を抱え直したかと思うと、いきなり律動のスピードを上げたのだ。

「あっ……あぁ……っ……あっ……あっ」

　二人の下肢が激しくぶつかり合い、空気を孕《はら》んだパンパンという高い音が室内に響き渡る。太く逞《たくま》しい小早川の雄が抜き差しされるたび、そこが熱く滾《たぎ》り、その熱が全身に回ってもう、何がなんだかわからなくなってきた。

「やだ……っ……あっ……もう……っ……もう……っ……あーっ」

　遠いところで酷《ひど》く甘えた、いやらしい声が響いている。ああ、自分の声だと気づき、恥ずかしくて堪らなくなったが、羞恥《しゅうち》を覚えていられたのも一瞬だった。

「あぁっ」

　小早川が抱えていた俺の片脚を離し、もう片方を肩に担ぎ上げる。尚《なお》も奥深いところを雄で勢いよく抉られるその感触と、少し辛い体勢が殊更に俺を昂《たか》め、火傷《やけど》しそうなほどに全身が熱くなり、最早何も考えられないような状態に陥ってしまっていた。

「あぁっ……もうっ……あっ……あっ……いく……っ」

全身に回った熱は脳までも沸騰させているようで、自分が何を言っているのかもわからない。

呼吸困難になりそうなほどに喘ぎ、喉《のど》を仰《の》け反《ぞ》らせる俺の耳には、自身の鼓動の向こうに抑えた小早川の息遣いが響き、堪えきれない気持ちが募っていく。

「いきたい……っ……一緒に……っ……なあ……っ……」

その『気持ち』がそのまま言葉となって口から迸《ほとばし》っていたことに気づいたのは、小早川の手が俺の雄を握り、一気に扱《しご》き上げてくれたあとだった。

「アーッ」

頭の中が一瞬真っ白になり、直後、身体からふわっと力が抜ける。精を吐き出した解放感に、はあ、と息を吐き出している間に、担がれていた脚をそっと下ろされた。

「……ぁ……っ」

弾みで、ずる、と後ろから小早川の、未だ硬度を保っている雄が抜かれ、堪らず声を漏らしてしまう。

掠《かす》れた、でもやたらと物欲しげなその声が恥ずかしくて堪らなくなり、唇を落としてきた小早川から、バッと顔を背けてしまった。

「どうしたの、弘樹《ひろき》」

不満そうな声を上げ、小早川が俺の顎《あご》を捕らえて無理矢理視線を合わせてくる。

「なんでもない」

「嘘だ。また恥ずかしがってるんだろ？」

わかってるなら聞くな。思わずそう吐き捨てたくなるようなにやついた顔が目の前にある。

「うるさい」

「恥ずかしがる弘樹も好きなんだけどさ」

尚も顔を背けようとする俺の頬《ほお》を両手で包み、小早川が強引に視線を合わせてきた。

「でも欲望に素直な弘樹も大好きだ。ね？」

「うるさ……っ」

い、と言うより前に唇を塞《ふさ》がれてしまった。

「ん……っ」

早くも始まった濃厚なキスに、達したばかりで体内で燻《くすぶ》っていた欲情の焔《ほむら》が一気に立ち上ったのがわかった。

自然と捩《よじ》れてしまった腰の動きでそれを察したらしい小早川が、くすり、と微笑《ほほえ》みながら俺の両脚を再び抱え上げる。

「……っ」

途端に、ひくひくと後ろが物欲しげにひくつき始めた、自身の身体の変化に驚き、戸惑いの声を上げそうになった俺を、小早川がそれは嬉しげに見下ろし、こう告げる。

「そういう素直なところが、大好きだよ、弘樹」

「ば……っ」

馬鹿、という悪態をキスで封じた小早川が、ずぶ、と雄の先端を後孔へとめり込ませてくる。

「あぁっ」

またも高く喘いでしまっていることに自己嫌悪に陥りながらも俺は、両手両脚を小早川の背に回し、ぐっと抱き寄せてしまっていた。


俺と小早川隆祐《りゅうすけ》との出会いは今から一年ほど前に遡《さかのぼ》る。

二人の『出会い』は一年前だが、俺が一方的に小早川を知ったのは高校時代のことだった。

小早川は陸上部のホープで、体育祭のリレーの際俺は、負けることが当然の勝負であっても諦《あきら》めることなく全力疾走していた彼に一目惚《ひとめぼ》れしたのだった。

俺は高校時代、目立つタイプではなかったので——って今もだが——小早川は当然ながら

俺を認識していなかった。

そんな彼が俺の下に『新入社員』として入社してきたとき、懐かしすぎる彼との再会に胸躍らせたのだが、一方的な再会を果たした小早川は、俺の知る彼ではなかった。

常に斜に構えていて、真面目に仕事をしようとしない。指導員の俺を舐《な》めまくっている。

だがそうなってしまったのには理由があった。

彼は俺の会社の取引先——しかも超がつくほど大切な取引先の社長の一人息子で、ゆくゆくは父の会社を継ぐための社会勉強としてこの会社に入社した。

小早川本人は、陸上選手になることを夢見ていたのだが、大学四年生のときに靭帯《じんたい》を痛め、その夢を断たれてしまった。

そんな彼の心の痛みを思いやることのない父親によって、勝手に入社を決められてしまったため、父への反発もあって態度が悪かったのだと知ったとき、俺は彼の心の傷をなんとか癒してあげられないかと切に願った。そのときにはもう、完璧に恋に落ちていたのだと思う。

彼も顔を合わせたときから、俺に対して好意を抱《いだ》いてくれていたそうで、誤解もあって最初、酷い目に遭わされたこともあったが、気持ちが通じ合ってからは、優しく思いやりに溢れる態度で接してくれるようになった。

仕事に関しても、まるでやる気が感じられなかった去年の四月が嘘のように真面目に取り組み、わずか二年目にして新しい商権を打ち立てようとしている。

勿論《もちろん》父親の力を使ったわけではなく彼の実力でなし得たことで、頼もしくはあるのだけれど、先輩としては今にも追い抜かれてしまいそうで、少々焦ってもいた。

仕事で抜かれることも悔しいが、ベッドでの主導権は常に彼というのもやはり年上としては悔しい。

年は上でも経験値がまるで違うので、優位性を保たれるのは仕方なくはあるのだが、それはそれで面白くない。

とはいえ、

「大丈夫？」

と気遣われ、喉が渇いただろうからと水を口元へと持ってきてくれる優しさはやっぱり、くすぐったいながらも嬉しいし、

「無理、させすぎたかな」

心配そうにそう言い、髪をすかれる、その指の感触も好ましくはある。

「仕方ないんだよ。弘樹が色っぽい声、出すから」

口を尖《とが》らせそう告げる。仕草は年下らしく可愛いが内容はよくない、と思わず睨《にら》むと小早川は、

「うそうそ」

と笑って俺の手から、空になったペットボトルを取り上げた。

「まだ飲む？」

「もういい」

「遠慮だったらしなくていいよ？」

もう少し飲みたくはあるが、また冷蔵庫まで取りに行かせるのは申し訳ないと思った俺の心理を完璧に読まれ、まったく立つ瀬がない。

「待ってて」

微笑み、ちゅ、と俺の額にキスをしてから小早川が全裸のまま部屋を出ていく。

体格も、そして運動能力も、頭脳も仕事のセンスも勿論顔立ちも、小早川にかなうものは何一つない。

すべてが『突出している』といっていい彼が、どうして俺みたいな、平凡を地でいく男を恋人として選んでくれたのか。

最初に犯した、その責任を感じているのかと思い、それなら気にしなくていいと言ったこともあったが、それを聞いて小早川は噴き出したのだった。

「本気でそんなこと言ってるとは思えないけど、もし本気だったら馬鹿すぎるでしょ」

失礼すぎる言葉ではあったが、逆に安心もできた。どこがいいかはわからないが、俺を本気で好きだという気持ちが伝わってきたからだ。

「ほら」

すぐに戻ってきた小早川に水を差し出され、俺は短い思考から覚めた。

「ありがとう」

今度は自力で起き上がり、手を伸ばしてペットボトルを受け取る。

「今日、泊まってくよね？」

こくこくと水を飲んでいると、どさりと音を立て隣に腰を下ろした小早川が顔を覗《のぞ》き込んできた。

「どうしようかな……」

小早川と付き合うようになってから、彼の部屋に泊まる機会が多くなった。着替えもキープしているのだが、あまり寮に帰らずにいると同じ寮の友人や先輩からあれこれ詮索《せんさく》されるという憂き目に遭うので、電車が動いている時間であれば寮に帰るように心がけていた。

手元の時計を見るとまだ終電前だったので、

「今夜は帰るよ」

と告げ、ベッドを降りようとしたが、途端に小早川はむっとした顔になり、俺の腕を摑《つか》んで引き戻すと上にのし掛かってきた。

「おい」

「いいじゃん、泊まっていってよ」

俺の手から空になったペットボトルを取り上げ、ぽんと床に放る。

「一昨日《おととい》泊まったばっかりだし」

「いっそ住んじゃえばいいのに」

言いながら小早川が俺の唇をキスで塞ごうとしてきた。裸の胸を押しやり、顔を背ける。

「人事や課長になんて報告すればいいんだよ」

「同居始めましたって言えばいいじゃん」

「……言えないよ、さすがに」

俺の言葉に小早川は何かを言いかけ、すぐ、はあ、と溜《た》め息《いき》をついた。

「……自業自得……なんだよな」

ぼそ、と呟《つぶや》き、俺の上から身体を退《ど》ける。

「いや、そういう意味じゃなくて……」

小早川が『自業自得』と言ったのは、かつて俺を犯したと竹内《たけうち》課長に認めたことがあったためだった。

その際、人事まで連絡がいくことはなかったものの、かなり問題にはなった。が、すぐに、そのような事実はなかったと二人して釈明し、小早川の父の口添えもあってなんとか事なきを得たのだった。

当然ながら竹内課長の、そして、俺が犯されたことに気づいた同期の友人、親友といってもいい富田《とみた》の、二人を見る目は厳しくなり、俺たちはできるかぎり二人が付き合っているという事実を隠そうと努力してきた。

ゲイだと公表するのを躊躇《ためら》った、ということもある。小早川にはそう言い、二人の関係を隠すことを納得してもらっていた。が、実際、俺が二人の関係を隠したいと思っているのは、小早川の立場を慮《おもんぱか》ってのことだった。

小早川の父親が超重要取引先の社長であることはすでに公表されているため、社内でも注目度が高い。そんな彼にゲイの噂《うわさ》でも立とうものなら、面白可笑《おか》しく広められる上、父親にも連絡がいくのではないかと、それを俺は案じていた。

小早川は父親のことを殆《ほとん》ど話さない。二人の関係が最悪であることは雰囲気から俺にも伝わってきた。

そんな父が、息子にゲイの噂が立った場合、どんな反応を示すか。想像しただけで恐ろしい。何より小早川を傷つける言葉を投げかけてくるのではと、それが心配で堪らなかった。

俺にはなんのバックグラウンドもない。ゲイだとわかったとしても、興味本位で見られることはあるにせよ、他に害はなさそうだ。

小早川だけは守りたい。せっかく仕事にやりがいを見つけつつある彼の、その『やる気』を育ててあげたいのだ。陸上への夢が断たれた今、新しい『夢』を見つけてほしいから。

その願いだけは必ず実現させてみせる。心の中で新たに誓うと俺は、背けてしまった小早川の顔を追いかけ、自ら唇を塞いでいった。

「……弘樹……」

「明日、部会で発表するんだろ？　新規商権のこと」

すぐに唇を離し、笑いかける。

「ちゃんとまとめておけよ。国内営業から初めてアジア地域にまで範囲が広がるんだ。総合商社としての役割をきっちり果たして、やがては全世界に広がるビジネスになるよう、頑張ろう」

「……はい」

俺の言葉をどこか呆然《ぼうぜん》とした顔で聞いていた小早川が、感極まった様子で頷《うなず》く。

「そのためにも……」

今日は帰る。そう言おうとした俺は、小早川にきつく抱き締められ、身動き一つとれなくなってしまった。

「おい」

「あなたがいたから、頑張れた」

熱く耳許《みみもと》で囁《ささや》かれたその言葉に、俺の胸も熱くなる。

「あなたがいてくれたから……」

「小早川……」

堪らない気持ちが募り、つい、彼の背を両手で抱き締め返してしまう。帰らねば、という気持ちはとうの昔に失《う》せていた。

「好きだ、弘樹」

思い詰めたような口調で小早川がそう言い、なお一層強い力で俺を抱き締める。

「……俺も……」

それ以上に強い力で抱き締め返すと、小早川は俺の背に回した腕を解《ほど》き、唇を塞いできた。

「んん……っ」

貪《むさぼ》るような濃厚なキスに、すぐ、頭の芯がクラクラしてくる。

帰らなければいけないはずだったのに、気づいたときにはキスに夢中になるあまり、両手両脚で小早川の背を抱き締めていた。

彼の手が俺の背を滑り、尻をぎゅっと摑む。指先で後孔を抉られ、びく、と身体を震わせた、その身体をしっかり抱き締め返してくれながら、キスを中断した小早川が熱く囁きかけてくる。

「好きだ。弘樹。愛してる……っ」

「……っ」

俺も。好きで好きで堪らない。

答えようとした唇をまた塞がれただけでなく、指で後ろをかき回されてはもう、口など利けなくなった。

「あぁっ……」

背を仰け反らせ、喘いだ俺の両脚を、小早川がまた抱え上げる。

二度も達したあとなのに——クレームを述べる気はさらさらなく、滾る欲情に煽られるまま、俺もまた腰を突き出し、小早川との愛の交歓に——彼との愛に溢《あふ》れるセックスに、身も心も夢中になっていった。

結局小早川のマンションに泊まることになった翌朝、俺たちは共にシャワーを浴び、朝十時から定例で開かれる部会での発表資料を仕上げるため、いつもより三十分以上早い時間に出社した。

「おはようございます」

始業が九時半であるため、八時半という早い時間に出社しているのは、ラインでは竹内課長ただ一人だった。

挨拶《あいさつ》をした俺たちに課長は、

「おはよう」

と明るく返してくれたあと、

「なんだ、一緒に出社したのか」

と驚いたようにそう問いかけてきて、内心俺を焦らせてくれた。

「あ、はい。下で偶然会ったので」

しなくてもいい言い訳をしている俺をちらと見やったあと、小早川は無言で自分の席につく。

彼の顔が心なしか不機嫌そうなのは、性格的に嘘が嫌いであるために違いなかった。

「二人して早いが、どうした？」

問いかけてから竹内課長は、すぐ、ああ、とその理由に気づいた顔になった。

「例の件、今日、部会で発表するからか」

「はい」

短く答えた小早川に、竹内課長の賛辞が飛ぶ。

「よくやったよ、小早川。このご時世、新規商権の開拓なんて、なかなかできないことだからな」

「……ありがとうございます……」

小早川が照れた様子で頭を掻《か》いたあとに、言わなくてもいいことを言い出した。

「すべて加納《かのう》さんの指導のおかげです」

「あ、いや、俺はもう、お前の指導員じゃないし」

指導員の役割は入社してから三ヶ月で終わっている。それに今回の件は、俺の指導など関係ないところで小早川自身が成したことだし、と慌てて訂正した俺の言葉に、竹内課長の上機嫌な声が重なった。

「加納の諦めない精神に感化されたってことか。いいじゃないか」

なあ、加納、と課長に笑顔を向けられ、リアクションに困って笑顔で誤魔化《ごまか》す。

竹内課長は小早川の大学の陸上部の先輩——といっても年が離れているので重なったことはないのだが——で、小早川の挫折《ざせつ》をよく知っていた。

超重要取引先の息子というだけでなく、後輩として、自暴自棄になっていた小早川をなんとか立ち直らせてやりたいと思っていたのだが、それだけに今、こうして彼が立ち直っている姿を見るのが嬉しくて堪らないようだ。

小早川が俺に『性的な乱暴をした』と知ったときには小早川を見限ったものの、俺と小早川が口裏を合わせ誤解だと信じ込ませたため、今は温かく小早川を見守ってくれている。

だが俺と小早川が実際、そういう仲だと知ったら、課長の目は温かいままか、そこはちょっと自信がなかった。

ゲイだから差別するのでは、というより、やはり『性的乱暴』は事実だったことがわかれば、結果として課長を騙《だま》したことになるからだ。

いつか機会を見て、課長には打ち明けたいとは思っているが、なかなか勇気が出ずにいる。

そんなことをつらつらと考えながらパソコンを立ち上げていると、横から小早川が声をかけてきた。

「加納さん、発表原稿、見てもらえますか？」

「え？　もうできているのか？」

早いな、と驚くと小早川は、くす、と笑い、小声でこう告げてきた。

「昨日、寝る前にやったんです」

「……え？」

寝る前にって、と顔を見た途端ウインクされ、頬にカッと血が上る。

「どうした？」

こそこそ話していたからか、竹内課長が訝《いぶか》しげに声をかけてきたのに俺は、

「な、なんでもないです。うかうかしていられないと思って」

と慌てて言い訳をしたあと、じろ、と小早川を睨んだ。

『すみません』

小早川が声に出さず唇を動かしただけで謝り、また片目を瞑《つむ》ってみせる。

寝る前に、と言われ、俺は疲れ果てて寝てしまっていたのに、そのあとやったのか、と驚いたあまり、それを確かめそうになった。

慌てて言葉を飲み込んだところにウインクされ、自分の昨夜の痴態を思い出し、赤面して

しまった、というのが今の一連の出来事だった。

本当にもう、と溜め息を漏らした俺の目の前に、早くもプリントアウトした紙を小早川が差し出してくる。

「……うん、いいんじゃないかな」

本当にこれを昨夜の間に作ったのか。内心驚きながら俺は、的確にまとめられた報告内容を読み、最早仕事では追い抜かれているかもという思いを新たにした。

「予算的にはまだまだ俺一人食えるほどじゃないですが、五年後……いや、三年後には十倍にしてみせます」

胸を張る姿も頼もしい。俺も負けていられないな、と、眩《まぶ》しげに小早川を見ると、小早川もまた俺を見返し、任せてください、というように大きく頷いてみせた。

三年後に十倍。きっと彼ならやり遂げるのではないか。確信が胸に芽生える。

そのとき、俺も彼に誇れるような仕事を何か確立していないとな、と自らを発憤させながらも、小早川の活躍を心の底から俺は喜んでいたのだが、まさか僅《わず》か数時間後にその小早川にとって思いもかけない展開が待っていようとはまるで気がつかずにいたのだった。

## 2

始業の九時半になった途端、竹内課長の卓上電話が鳴った。

「はい……はい？」

社内電話だ。訝しげな課長の表情から、どこからかかってきたのかと、つい注目していると、課長はすぐに電話を切ったあと小早川を席に呼び、ますます俺の注目を誘った。

「小早川」

「はい？」

小早川はメールの作成に没頭していたらしく、名を呼ばれるまで電話には気づいていないようだった。

「秘書部からお前に呼び出しがかかった。至急、向かってくれ」

「秘書部、ですか？」

首を傾《かし》げながらも小早川は、

「わかりました」

と頷くと、一度席に戻って上着を着込み、机の上に置いてあった手帳を内ポケットにしまってからフロアを出ていった。

席を離れる直前、何事かと彼を見つめていた俺へと視線を向け、いってきます、というように微笑んでくれたのだが、心なしか彼の顔が強張《こわば》っているように見えたのが気になり、姿が消えてから課長の席に行き、どういうことなのか聞いてみることにした。

「あの、課長」

話しかけると課長は、他の課員たちの目を気にしたのか、俺だけに聞こえるよう声を潜め、秘書部呼び出しの理由を教えてくれた。

「今、社長のところに小早川の親父さんが来てるそうだ」

「…………そうだったんですか」

それで秘書部か、と納得し、席に戻った俺に、前の席から富田が、

「どうしたんだ？」

と声をかけてきた。俺が課長から何を聞いたのか、気にしているのはわかったが、広めることでもないかと思い、

「なんでもないよ」

と誤魔化した。

「……そう」

富田は何か言いたげに俺を見たものの、深追いすることなくまた自分の仕事に戻ってくれ、

俺を内心ほっとさせた。

秘書部に呼ばれた小早川はなかなか戻ってこなかった。十時からは部会があるというのに、その時間にも戻ってこず、どうしたんだろう、と心配しながらも俺は彼の机に部屋番号を書いたメモを残して——当然わかっているとは思ったが——会議室に向かった。

部会の時間は一時間で、最初に部長の話があったあと、発表案件がある部員が挙手し、報告をすることになっている。

一人、二人と発表し、会議開始から二十分が経《た》ってもまだ、小早川が現れる気配はなかった。

部会は月一回だ。今日の発表は無理なんだろうか。四十五分が経過したとき、つい溜め息を漏らしてしまった俺は、いきなり竹内課長に名を呼ばれ、はっと我に返った。

「加納、小早川は間に合いそうにないが、かわりに発表できるか？」

「あ、はい」

さきほど小早川から渡された発表草案は手元にあるので、できないことはない。が、できることなら小早川本人から発表させたかった。

そう思いながらも俺が立ち上がろうとしたそのとき、ノックと共にドアが開き、小早川が入ってきた。

「ちょうどよかった。今、加納に代理で発表してもらおうとしていたところだ」

課長が明るく小早川に声をかけ、皆の注目が彼に集まった。

「？」

勿論俺も小早川を見たのだが、すぐさま、何か様子がおかしいと察し、どうしたんだ、と視線を捕まえようとした。

だが小早川は俯《うつむ》いたままで、俺も、そして周囲をも見ようとしない。

「遅れて申し訳ありませんでした」

下を向いたまま彼はそう頭を下げると、一瞬だけ顔を上げぐるりと周囲を見渡した。

「…………」

だが俺とは決して目を合わせようとしない。何かあったのか？　と見つめる先、再び小早川は目を伏せると、思いもかけない――本当に思ってもみなかった言葉を口にし、俺を、そして会議に参加していた部員全員を驚かせたのだった。

「急な話で申し訳ありません。今月末で退職が決まりました。皆さんにはお世話になり、ありがとうございました」

「た、退職だと？」

部長が驚きの声を上げたのを皮切りに、室内は大騒ぎになった。

「いきなりか？　聞いてないぞ？」

竹内課長もまた焦った声を上げたものの、すぐ、何かに気づいた顔になり、部長のもとに駆けていく。

寝耳に水。驚きすぎたせいで言葉も出なかった俺は、横に座っていた富田に肩を揺すぶられ、はっと我に返った。

「おい、お前、聞いてたか？」

「聞いてない……何も」

心底驚いている様子の彼に向かい、首を横に振りながらも、俺の視線は小早川へと向いたままだった。

「お前も聞いてないって……マジかよ」

信じられない、と富田が溜め息を漏らす気配が伝わってくる。

『信じられない』のは俺だ、と、決して目を合わせようとしない小早川を見つめ続けながら俺は、ただただ呆然としてしまっていた。

会議はぐだぐだのうちに終了し、小早川は竹内課長と共に部長の部屋に呼ばれていった。

「わけ、わかんねえな」

富田があれこれ話しかけてきたのに、俺は相槌《あいづち》を打つのがせいいっぱいという状態で、すぐにも本人から事情を聞きたいという気持ちを抑えられなくなっていた。

小早川は部長室からなかなか戻って来ず、昼休みとなった。

「お前、メシは？」

富田に社食に誘われたが、小早川と話がしたくて俺は「あとにする」と断り、席で彼が戻るのを待った。

小早川が席に戻ってきたのは、それから三十分後だった。

一人で戻ってきた彼に、聞きたいことは山のようにあったが、まず気持ちの整理をつけたくて、どうでもいいことから問うてみる。

「課長は？」

「部長とメシ、行った」

ぼそりと答えた彼は、相変わらず俺を見ようとしなかった。

「メシ、行くか？」

そこで話を聞こうと思い誘うと、小早川は首を横に振り断ってきた。

「やることあるから」

「なあ、どういうことだ？」

昼休みで周囲に人がいなかったこともあって、思わずそう聞いてしまった俺に、小早川は俯いたまま答えようとしない。

「会社を辞めるって本当なのか？　今までそんなこと、一言も言ってなかったじゃないか」

問いを重ねても小早川が俺のほうを向く気配はなかった。

「おい」

堪らず手を伸ばし、小早川の腕を摑む。次の瞬間彼にその手を払い退《の》けられ、俺はショックのあまりその場で固まってしまった。

「……あとで、説明するから」

やはり小早川は俺を見ることなく、それだけ告げると席を立ちどこかに行ってしまった。

「…………………」

信じられない。俺は夢でも見ているんだろうか。

夢だとしたらとんでもない悪夢だ。覚めてほしい、といつしか頰に手をやっていた俺は、抓《つね》ってみるつもりか、と自分のレトロな行動を笑おうとした。

が、笑みは頰に上るより前に消え、頰が強張って終わった。

本当に何が起こっているのか。わけがわからない。その一言に尽きた。

昨日まで――否、今朝まで、小早川の様子におかしなところなど一つもなかった。彼の態度が一変したのは会議の席でだ。

何がそうさせたのか。心当たりは一つしかない。秘書室に呼ばれたこと。それのみだ。

社長を訪ねてきたという彼の父との面談がその原因に違いない。

その場で一体何があったのか。父に何かを言われ、それで退職する気になったということなんだろうか。

父親との関係は今一つ上手《うま》くいっていないと以前に聞いたことがある。まさか父親と喧嘩をし、勢いで辞めるなどと言い出したわけじゃないだろうな。

心配になり俺は、小早川の姿を探すべく、フロアを飛び出した。

短気を起こしちゃいけない。そう諌《いさ》めようとしたのだが、小早川は何処《どこ》に行ったのか、社内中駆け回って探しても姿を見つけることはできなかった。

そのうちに昼休みが終わり席に戻ったのだが、小早川はやはり席にいなかった。

まさか帰ったのか、と、電源を落とされているパソコンを見やった俺は、何か事情を知っているのではと一縷《いちる》の望みを繋《つな》ぎ、竹内課長の席の横に立った。

「課長、あの……」

「……ああ、小早川の退職の件だな」

ちょっと部屋に入ろう。課長は俺を伴い、近くの会議室に入ると、はあ、と深い溜め息を漏らした。

「あの、どういうことなんでしょう」

「わからん。正直」

課長は心底、戸惑っている様子だった。

「もともと小早川は『お預かり』入社ではあった。ゆくゆくは親父さんの会社を継ぐことが決まっていたからな。期間については特に決まっていなかったが、通常の『お預かり』は五年十年というパターンが多い。管理職まで体験させるためにな。小早川の場合もそうだろうと我々は勝手にそう判断していたんだが、今日、小早川社長からすぐにも自社に戻したいという要請があったそうなんだ」

「すぐにもって、そんなに急に……ですか？」

なんの前触れもなかったのか、と、ますます驚いてしまいながら問いかけた俺に、

「逆に俺のほうが聞きたいんだが」

と課長が問うてきた。

「お前、小早川からは何も聞いてないのか？」

「聞いて……いません……」

何も。首を横に振った俺に課長が「そうだよな」と相槌を打つ。

「聞いてたらお前も報告してくれるだろうしな」

「……はい」

知っていたら。頷いた俺に課長が、

「しかしわからないな」

と溜め息を漏らした。

「小早川、やる気に溢れてたよな。新規商権の獲得にだって一生懸命だった。まさか退職を考えているなんて、わからなかったよな……」

そう言ってから課長は、

「もしかしたら……」

と思いついた顔になり言葉を続けた。

「新規商権は置き土産のつもりだったんだろうか」

「それはないと思います」

思わず即答したものの、実際、自信があるわけではなかった。

「……だよな……」

相槌を打ってくれた課長もまた、同じことを考えていたようで、その『考え』を口にし、苦笑してみせた。

「あいつが何を考えているか、まったく把握できていなかったということなんだろうな」

「…………」

本当に——そのとおりだった。

俺は彼の何を見てきたというのだろう。落ち込む気持ちが半端なく、言葉を発することもできなくなる。

「……まあ、いつかはいなくなることが決まっていたんだ。本人も納得しているようだし、笑顔で送り出してやるべき……なんだろうな」

自分に言い聞かせるように告げた課長の言葉に、頷くことはどうしてもできなかった。

「あの……今日、小早川は……」

問いかけると課長は、幾分憮然《ぶぜん》とした顔で、

「帰らせた」

と告げた。

「本人の希望でな」

「……そうですか……」

今日、彼の予定はどうなっていただろうか。アポイントメントはちゃんと変更しているか。 つい、そんなことを気にする自分に呆《あき》れてしまう。

終業後、彼の部屋を訪ねよう。本当なら今すぐにでも彼の許に向かいたいが、仕事を放り出すわけにはいかない。

本当に何が起こっているのか。これは夢でもなんでもなく、現実の出来事なのか。

とても信じられない。心の中で呟きながらも俺は、心のどこかで、小早川に直接聞けば何かしらの答えが得られるのではないかと期待していた。

その期待が脆《もろ》くも崩れ落ちることなど予測できるわけもなく、俺は課長に促され、部屋を出たのだった。

その日は時間が経つのがやけに遅く感じられた。終業時間を待ちわび、終業ベルが鳴ったと同時にオフィスを飛び出そうとしたのだが、同期の富田が、

「なあ、聞いたか？」

と、ほぼ帰りかけていた俺に声をかけてきた。

「何？」

気が急《せ》いていたが、無視もできない。問い返すと富田は、

「……飲み、行かないか？」

と誘ってきた。

「あ……うん……」

どうしよう。申し訳ないが断ろうとした俺だが、続く富田の言葉を聞き、喉元まで込み上げていた謝罪の言葉を飲み込んだのだった。

「小早川の件なんだけど」

「小早川の？」

富田は社内に友人知人が多い。もしや俺の知らない小早川の事情を知り得たのかもしれな

い。

今、どんなことでも小早川に関する情報はほしかったので、飲みの誘いを受けることにした。

富田は俺を、二人でよく行く会社近所の居酒屋に連れていった。生ビールを頼んだあと、俺は早速富田に、

「で？　小早川の件って？」

と切り出した。

「ああ。ちょっと気になってさ。秘書部の佐野《さの》に聞いたんだ。同期だから聞きやすくてさ」

「同期……そうか」

同期入社は東京本社に百人以上いる。そういや秘書部にも同期の女性がいたことを今、俺は思い出していた。

「……さすがだな」

顔が広い、と感心したのは本心からだったというのに、富田は何を思ったのか、

「別に、ただの飲み友達だぞ？」

と何に対する言い訳かわからない言葉を告げ、話を続けた。

「小早川の親父はもともと社長宛《あて》にアポイントメントを入れて訪問してきた。用件は単なる表敬だということだったんだが、来た途端に息子を——小早川を呼んでほしいと社長に要請

したんだそうだ。二人で話がしたいといって。社長も小早川社長の言葉には逆らえないから、すぐさま小早川を呼び出したあと、自分は退室した」

「やりたい放題だな」

思わずその言葉が俺の口から漏れる。

「確かに。それだけ大切なお取引先ってことだろうが」

富田もまた呆れた様子で肩を竦《すく》めたが、俺が、

「で？」

と話の続きを促すと、少し首を傾げるようにして口を開いた。

「わからん」

「……そりゃそうか」

社長が外に出ているのに、秘書が室内の様子を窺《うかが》えるわけがない。が、同期の佐野はなかなかに好奇心盛んな秘書だった。

「だが秘書室から社長室内がモニターで見えるそうで、佐野、途中まで見てたんだと。小早川と親父さん、相当険悪な雰囲気だったって」

「さすが、お前の友達だ」

いくら興味があっても、できそうでできないことだと感心する。

「勿論音は聞こえないから、何を言ってるかわからなかった上に、先輩秘書に注意されてモ

ニター前から離れたそうだが、小早川親子が室内にいたのは十分くらいで、部屋から出ると社長に挨拶して帰っていったんだと」

「そのときの様子は？」

佐野ならきっとチェックしているに違いないという俺の読みは当たった。

「親父さんはにこやかだったって。小早川はむすっとはしていたが、親父さんと一緒に社長に頭を下げてたってさ。で、問題はその挨拶なんだよ」

「退職させるって挨拶だった？」

社長室から帰ってきたあと、部会で本人が発表したからそうなんだろう。予測して問うた俺は、予測以上の答えにまたも言葉を失った。

「そう。社会勉強させてもらった礼を言ったあと、今月末で退職させ、自分の下で今後は経営者としてのスキルを磨かせるって。心機一転、身も固めさせて本気で社長業を学ばせると、聞きもしないのに高らかに宣言したんだそうだ」

「…………」

身も固めさせて——その言葉を聞いた途端、がつんと頭を殴られたような衝撃を受けた。

「だいたい、そんなこと、取引先の社長相手に言うことかよな。まあ、これから息子を取引先相手としてよろしくって挨拶なのかもしれないけど、なんかこう、違和感あったって、佐野も言ってたぜ。先輩秘書は『身も固めさせて』に過剰反応してたって。社内で相手、見つけたんじゃないかって」

「……社内……か」

先輩秘書と食いつきどころが一緒というのはどうかという思いが、ようやく俺を我に返らせた。

「社内はないよな。あいつ、いつもお前にべったりだし」

富田がここで言葉を切り、俺の表情を窺う素振りをする。

実は富田は、俺が小早川に乱暴されたことに気づいた唯一の男なのだった。現場を見られたわけじゃなく、犯されたあとにボタンの飛んだシャツを着ていたところを目撃されたのだが、普段、あまり鋭い観察眼を持っているとは思いがたい彼であるのにそのときには鋭く事実を見抜き、それを竹内課長に進言した。

実際犯されてはいたが、それが原因で会社を辞めることになっていた小早川の退職を撤回するため、そのような事実はなかったという『嘘』を俺も小早川もつき通すことになった。

富田にも『嘘』を信じ込ませようと言葉を尽くし、なんとか納得してもらったものの、未だに彼は俺と小早川の関係に疑いの目を向けているのだった。

その『疑い』は『恋人同士』であるというものではなく、俺が小早川に何か弱みを握られているのでは、というものらしい。酔った拍子に何度か確認されたことからそれがわかった。

そんなことはない。実は恋人同士なのだと打ち明けようかとも思ったが、打ち明ければ『強姦』が真実であったことも言わねばならなくなるし、何より男同士で恋人同士という関係を富田に受け入れてもらえる自信がなかった。

人に触れ回るなどということはしない男らしいタイプではあるが、男らしく、真《ま》っ直《す》ぐであるため、どんなリアクションをとられるかわからないといったところもある。

あれこれ言い訳を並べてはいるが、単に最も仲の良い同期に、性的指向のことで眉《まゆ》を顰《ひそ》められるのが怖い、という意気地のなさが一番の理由であることは、自分でもよくわかっていた。

「べったりかは別にして、あいつが社内に彼女いるという話は聞いたことがないな……」

当たり障りのない答えを返す自分に自己嫌悪に陥りそうになる。

「社外は？　彼女の話とかはしないのか？」

富田が更に突っ込んできたが、俺の答えは「ノー」以外になかった。

「仕事の話ばかりだ。特に最近はほら、あの新規商権獲得で忙しかったから」

「ああ、あれは凄いよな。わずか二年目で新しい商売見つけるなんて、俺は自分が情けなくなったよ」

富田は小早川のことがあまり好きではない。体育会ラグビー部出身の彼は上下関係には少少厳しく、入社時の小早川の先輩を先輩と思わない態度に随分腹を立てていた。

第一印象が悪すぎたからか、その後、小早川の態度が改まっても彼に対して他の後輩にするように明るく声をかけることもなければ、同じ課のよしみで気遣ってやることもあまりない。

といっても特別キツくあたることも、意地の悪い言葉をかけることもないところはさすが、スポーツマンシップ溢れるナイスガイである。部の中には小早川の今度の活躍を、親の力を使ってのものだという嘘としかいいようのない陰口で貶《おとし》める人間もいる中、こうして彼の功績を素直に讃《たた》えるところもまた、男らしい、と俺は心の中で微笑みつつ、富田の背を叩いた。

「言うなよ。一番落ち込んでるのは俺だ」

「いや、お前も確か二年目のとき、新規商権を開拓したじゃないか。くそー、俺も頑張らないとな」

富田はそう言い、生ビールを呷《あお》ったあと、

「おかわり」

とジョッキを持ち上げ、店員に叫んだ。

「しかし、なんでまたこのタイミングで親父さんの会社に戻らないとならなくなったんだろうな」

店員にビール以外の食べ物をぱっぱと注文し終えた富田がそう言い、首を傾げる。

「これからって時だろ？　もう少し待ってほしいと小早川は頼まなかったのかね」

「…………どうだろう。あれから話せてないのでなんとも……」

首を横に振った俺の脳裏に、小早川の、決して俺を見ようとしない俯いた顔が蘇《よみがえ》る。

「小早川社長が帰ったあと、秘書部でもさんざん話題になったんだってさ。小早川社長が体調不良で後継者育成を急ぐんじゃないかとか、ウチとの取引をすっぱり切って同業他社に乗り換える気なんじゃないかとか。どっちも可能性としては低いという結論に達したらしいけど」

富田があれこれと教えてくれるが、俺の耳には殆ど彼の話は入ってきていなかった。

噂は噂だ。真実はやはり、本人に——小早川本人に聞く以外、知ることはできない。

すぐにも席を立ち、小早川のマンションに向かいたいという衝動が芽生え、抑えきれなくなってきた。

だが富田を一人置いて店を出ることはさすがに憚《はばか》られる。料理も注文してしまっているし、第一、帰ると言うには何か理由をつくる必要がある。

友人に嘘をつくのはどうかと思う。だが気になって仕方がない。そこで俺はトイレに立つふりをし、小早川に電話を入れることにした。在宅しているかどうかを確かめたかったのだ。

だが小早川は応対に出ず、留守番電話サービスに繋がってしまった。彼は今、どこにいるのか。ますます彼のマンションを訪れたい気持ちが募ったものの、不在であるのなら訪ねたとしても意味はないじゃないかと自分に言い聞かせ、それから二時間あまり富田と俺は、居酒屋で小早川の話題からはすっかり離れた馬鹿話で酒を酌《く》み交わした。

そろそろ帰ろう、と店を出る際、少し飲み過ぎていたこともあり、富田は俺にタクシーで一緒に家に戻ろう、と誘ってきた。俺と富田は同じ社員寮に入っているのだ。

「悪い、ちょっと寄るところがあるから」

そう言い、別のタクシーに乗ろうとすると、不意に後ろから腕を摑まれ、驚いて振り返った。

「彼女か？」

酔っ払いらしく、真っ赤な顔をした富田が、据わった目でそう問いかけてくる。

「お前、最近全然寮に帰ってないよな。彼女できたんなら教えてくれよ。水くさいだろ、普通に」

「違う違う。彼女じゃない。大学時代の友人からさっきメールが来たんだ。至急相談したいことがあるって」

また嘘をついてしまった。悪い、と心の中で両手を合わせると俺は、富田が突っ込んだことを聞いてくる前にと彼の手を振り解き、タクシーに乗り込んだ。

「すみません、六本木、お願いします」

運転手に行き先を告げ、ふう、と大きく息を吐いてシートに身体を埋《うず》める。ふと気になりリアウインドウから後ろを見ると、富田は未だにその場に立ち尽くしていた。

「悪い……」

嘘をつきたくはないが、つかざるを得ないのだ。

「………」

違う。つかざるを得ないなんてことはない。ただ勇気がないだけだ。

大きく溜め息をついた俺の脳裏に、つい先ほどその富田から聞いたばかりの小早川の話が蘇る。

『心機一転、身も固めさせて本気で社長業を学ばせると』

身も固めさせて――縁談でも持ち上がっているんだろうか。小早川には。

「違うだろ」

ぱし、と両手で頰を叩き、しっかりしろ、と自分にカツを入れる。気にするべきところはそこじゃない。なぜ今、会社を辞める気になったのかだ。

しかも少しの相談もなく。

「……相談……」

すべき相手ではないと判断されたということだろうか。そんなはずはない。そう信じたいが、と車窓から外を眺める俺の目に、オレンジ色の街灯の光が物凄い勢いで後方に流れていき、眩暈《めまい》を覚えた。

目を閉じ、シートに深く身体を埋めてまた、大きく息を吐く。

マンションを訪れ、話を聞こう。どうして彼が退職の決意を固めたのか。何か理由があるに違いない。その理由を聞き、もしも彼が父親に無理矢理退職を勧告されたのであれば、対処策がないか共に考えよう。

よし、と拳《こぶし》を握り締めた俺はそのとき、自分は誰より——そう、親よりも小早川に対し近く寄り添えているという自負を抱いていた。

早く。少しも早く。車が小早川の元に到着するといい。強くそう願う俺を乗せたタクシーは、夜の街を疾走していった。

# 3

たいした渋滞もなかったため、二十分ほどで六本木にある小早川のマンションには到着した。

金を払い、渡されていた合い鍵を使ってオートロックを抜ける。エレベーターに乗り込んでから、彼が在宅しているかどうか、チャイムを鳴らしてみればよかったなと今更のことを思い、部屋の前に立つとドアチャイムを鳴らしてみた。

十秒。二十秒。反応はない。留守か、と思い、いつものように鍵を開け中に入ろうとしたが、ドアを開こうとした途端にがくん、と衝撃を受け、驚いて中を見やった。

「ドアチェーン？」

まさか、とますます驚き、つい、がちゃがちゃとドアを、無駄とわかりつつ開けようとすると、明かりがつき、リビングのほうから聞き覚えがありすぎる足音が響いてきた。

「小早川？」

いたのか。ほっとし、俺は中にいる彼に呼びかけた。小さく開いたドアの間からはまだ、彼の姿が見えなかったためだ。

「夜遅くに悪い。開けてくれないか？　話があるんだ」

そう言い、ドアを閉めようとすると、小早川がドア近くまで来る気配が伝わってきた。顔を見ようと隙間から中を窺う。

「………………」

思わず声を失ったのは、相変わらず小早川が目を伏せ、俺と視線を合わせないようにしているのが見えてしまったからだ。

「小早川？」

「今夜はちょっと都合が悪いんだ。明日、会社で話すから」

それだけ言い小早川がドアを閉めようとする。反射的に俺は扉を摑んでそれを制してしまっていた。

「ちょ、ちょっと待ってくれ。上げてくれないのか？」

伏せている目を覗き込み、訴えかける。

「ごめん」

だが小早川は俺を見ようとせず、頭を下げて寄越して、俺からますます言葉を奪っていった。

「……そう……か」

扉を摑んでいた手が自然と落ちる。

「ごめん。また明日」

小早川は低くそう言うと、そのままドアを閉めてしまった。

カチャ、と鍵がかけられる音がドア越しに響いてくる。

「…………どうして…………」

信じられない。茫然自失というのはまさに今体感しているこの状態を言うのだろう。言葉もなく俺はただ、小早川の部屋の前に立ち尽くしてしまっていた。

人に見られたら通報されてしまうかもしれない。ようやく思考が働き出したのは、扉を閉められてからゆうに二分は経った頃だった。

もう一度ドアチャイムを押すことを考えたが、今度も拒絶されたとしたらもう、立ち直れる気がしないと諦め、踵《きびす》を返す。

どうして小早川は部屋に上げてくれないのか。誰か訪ねてきていたのか？ 咄嗟《とっさ》に中を覗いたとき、玄関に靴はあっただろうか。そんなもの、見る余裕はなかった。既に先客がいたから部屋に上げてくれなかったのか。一人でいるにもかかわらず、入れてくれなかったのか。

それだけでも知りたい。ポケットから電話を取り出しかけたが、さっきも出てもらえなかったことを思うと、今かけたとしてもまた留守電に繋がりそうな気がして、再びポケットにしまった。

タクシーをつかまえ、目黒の寮の住所を告げる。再び車の後部シートで流れる車窓の景色を眺めながら俺は、自分の身に――そして小早川の身に、今、何が起こっているのかを必死で考えようとした。

昨日までの毎日とは、百八十度違う気がする。昨日まで俺と小早川の気持ちは確かに通じ合っていた。小早川には会社を辞める気などさらさらなく、獲得した商権を三年後には拡充してみせると意気込んでさえいたのだ。

それがなぜ、一日で変わってしまったのか。父親に何かを言われたからか？　だから会社を辞める気になったと？　一体父親に何を言われたのだ。燃えていたやる気を一気に消失させるような言葉とは、一体どんなものだったのか。

今すぐにでも聞き出したいのに――唇を噛《か》んだ俺の耳に、もう一人の俺の声が響く。

変わったのはやる気だけか？　小早川の俺に対する気持ちも、一日にして変わってしまったのではないのか。

「そんな……馬鹿な」

思わずその呟きが口から漏れたが、運転手に、

「なんですか？」

と聞き返され、俺は慌てて「すみません、なんでもありません」と首を横に振り、口を閉ざした。

あり得ない。そう思う。たった一日で人の気持ちが変わるだなんて、現実に起こるとは到

底信じられない。

何か理由があったのだ。今日、小早川が俺を部屋に上げなかったことには何かしらの理由が。

どんな理由だ――？

またもう一人の俺の声が頭の中で響く。

疲れているとか？　体調が悪かった？

昨日までの彼なら、多少疲れていようが体調が悪かろうが、玄関先で追い返すなんてことはしなかったはずだ。

やはり誰かが来ていたのか？　誰が？　親か？　それとも――。

『心機一転、身も固めさせて』

小早川の父親が言っていたというその言葉が、頭の中をぐるぐると巡り出す。

目を閉じると、さっき鼻先でドアを閉められたばかりの小早川の玄関に、ハイヒールが揃《そろ》えられていたという幻まで浮かんできてしまい、しっかりしろ、と俺は頭を激しく振り、自らが作り出したとしか思えない映像から逃れようとした。

明日。すべては明日だ。いくら考えても答えが出ないことは考えるだけ無駄だ。

はあ、とまた息を大きく吐き出し、気持ちを切り替えようとする。だが、いくら自分に言い聞かせようとも少しも思考は小早川のことから離れていってはくれず、車に乗っている間も、そして寮に到着し、ベッドに入ったあとも、俺はただ小早川が会社を辞めたいと思うようになった理由だけを考え続けた。

翌朝、あまりよく眠れなかったこともあり、午前八時という早い時間に出社した俺は、フロアに足を踏み入れた途端、一人だけ来ていた小早川の姿を認め、ついその場で足を止めてしまった。

「……おはようございます」

気配で誰か来たことを察したらしい小早川は顔を上げたが、来たのが俺とわかっても彼の顔に笑みが浮かぶことはなかった。

淡々と挨拶をし、再び画面に視線を戻してしまった彼に俺は歩み寄ると、隣の自分の席に鞄《かばん》を置き、

「なあ」

と声をかけた。

「はい」

小早川はキーボードを打つ手を休めることなく、なんだ、というように問い返してくる。

「話がある」

「ああ、昨日はごめん。少し疲れていたもんで」

ここでようやく小早川が俺を見た。かち、と音がするほど二人の視線がしっかり合い、俺はなんだかいたたまれない気持ちに陥ってしまった。

「なに？　話って」

「……会社を辞めるって本気なのか？」

それが一番聞きたいことかといえば、実はそうではなかった。

どうして昨夜、家に上げてくれなかったのか。本当にさっき言った『少し疲れていた』という理由だけなのか。

それを聞きたかったがどう切り出していいか迷い、それで二番目に知りたいことを聞くことにしたのだった。

小早川はなんと答えるのか。ごくり、と唾《つば》を飲み込んだ音にかぶせるようにして響く彼の淡々とした声に俺は、二の句が継げなくなりそのまま黙り込んだ。

「ああ。本気だ」

「…………」

そうしてまた小早川はパソコンの画面へと目を戻してしまった。視線を追って見やった画面に『引き継ぎ書』の文字が浮かんでいる。

「……どうして……」

一体何が起こっているのか。俺の目の前にいるのは間違いなく小早川だが、中身はまるで違う人間のようだ。

第一どうしてそうも、俺に対して冷たい？

その思いが言葉となって唇から零《こぼ》れたが、小早川に、

「『どうして』？」

と問い返されたときには、己の思いをそのまま口にすることはできなかった。

「どうして……どうして急に辞める気になったんだ？　新しい商権獲得で、あれだけやる気になっていたじゃないか」

その理由も勿論知りたい。だが、何より知りたいのは、どんな理由があったにせよ、なぜ事前に相談してくれなかったのか。そのことだった。

「………」

小早川は画面を見たまま、少しの間、どう言おうかというように黙り込んでいた。が、俺が再び『どうして』と問いかけるより前に、俺へと視線を向け、その答えを口にした。

「父から戻ってくるよう、言われた。自分の下で経営者としての仕事ぶりを学べと」

「……そう……か……」

それが理由なのか。だがなんだかしっくり来ない。小早川が父親に対して反発していたこ

とを知っているからというのもあるが、それ以前に、彼が折角開拓した商権を放置し、当社を辞めることになんの躊躇いも覚えないというのはどうにも不自然に感じられた。

「T機械は本当にいいのか？　お前が一から仕込み、形にした商売だぞ？　これから始動ってときに、手放してしまって本当にいいのか？」

思わず声に熱がこもる。

「それは……っ」

つられたように小早川もまた、熱っぽい声を上げたが、すぐ、我に返った様子になると、ふう、と息を吐き出した。

「勿論、多少の心残りはあるよ……でも、父の会社ではそれこそ世界規模の仕事を最初からやらせてもらえるんだ。そちらのほうに今はやり甲斐《がい》を覚えているんだよ」

俺を真っ直ぐに見つめたまま、小早川が一気にそう告げる。彼の瞳《ひとみ》の中には真摯《しんし》な光があった。

「……そうか……」

そういうことなら、納得するしかない。がっくりと肩が落ちたのがわかる。

説得力がありすぎる言葉だった。半期利益数億の商権より、金額も大きく、グローバルな仕事にやり甲斐を覚えるのは、同じ会社員として理解できた。

もともと小早川と俺とは立場が違う。彼はオーナー会社にして大企業の跡取りであり、この会社には『社会勉強』のために入社したに過ぎない。

ゆくゆくは父親の跡を継ぐことは生まれたときから――はオーバーにせよ――決まっているという事実を俺は愚かにも失念していた。

五年後も十年後も、共にいられると思い込んでいた。彼が自分の力で開拓した商権を自分の手で育てていくのを見守っていきたいと願っていた。だが彼にとってこの会社は『通過点』に過ぎない。将来進むべき道は他にあるという、あまりにも当たり前のことをなぜ俺は忘れることができたんだろう。

馬鹿だ。馬鹿すぎる。笑ってしまう。と自嘲《じちょう》しようとし、小早川が未だに俺を見ていたことにようやく気づいた。

「わかった。そういうことなら仕方ないよな」

応援する、と頷き、少し迷って右手を差し出す。頑張れ、というエールのつもりだったが、その手を見やった小早川は、少し困った顔になったあと、ぼそり、とこう切り出した。

「……あの、それから悪いんだけど、当分、ウチには来ないでもらえるかな」

「……え?」

意味がわからない。正直な話、俺は本当にそのとき、小早川に何を言われたのかまったく理解していなかった。

「退職の件でバタバタしそうだから……さ。昨日みたいに急にウチに来るのはちょっと、困るというか……」

言いづらそうに小早川が言葉を続ける。

「あ……ああ。わかった」

ようやく、彼が言いたいことがわかった。が、頭の中は『どうして』の一言が、それこそ洪水のように溢れていた。

どうして？　困るというのはどういう意味だ？　言葉どおり、迷惑ということなのか？　どうして迷惑なんだ？　その理由を教えてくれ。訪ねてこられて迷惑だと思う、その理由を——。

叫びたくなる衝動を抑え込むのがやっとだった。なんとか平静さを取り繕ったのは、小早川が本当に困った様子で、俺からすっと目を逸《そ》らせたためだった。

どうやってその場を離れたか、よく覚えていないが、俺はふらふらとフロアを出、エレベーターに乗って地下の社員食堂へと向かっていた。

自動販売機コーナーにだけ明かりがついている広々とした社食の一番奥へと進み、薄暗い中、どさりと椅子に腰を下ろす。

頭はまるで働いていない。恥ずかしいことに俺は今、泣き出しそうになっていた。

女の子じゃあるまいし、ふられて泣くなんて恥ずかしすぎる。唇を噛み、涙を堪えていた俺の胸が、自分で考えた言葉にずきりと痛む。

ふられた——そう、ふられたんだろう。俺は。

彼の興味がこの会社に既にないように、俺への興味も綺麗《きれい》に失せた——ということなんじゃないだろうか。

そうじゃなければ、会社を辞める相談だってしてくれただろうし、それ以前に、俺と同じ会社を辞めることについて少しは躊躇《ちゅうちょ》してくれただろう。

なんの相談もなく退職を決め、なんの相談もなく未来を決める。別れることもきっと、なんの相談もなく決めたに決まっているんだ。

本当に、なんて勝手な、と悪態を吐こうとしたが、不思議と怒りは胸に湧いてこなかった。胸に溢れていたのはただ、哀《かな》しいという思いのみ。小早川という恋人の心を失ってしまったことへの哀しみのみだった。

泣きそうだ。尚も唇を嚙み、涙を堪える。

大人になってから失恋で泣くなんて、みっともなさすぎる。そんなみっともない男だから、小早川にも愛想をつかされるんだぞ。

気持ちが離れてしまったことを責めることはできない。彼の頭の中は、父親の会社に戻ることで占められていて、恋愛ごとは後回しになっているに違いない。

退職するにあたり、誰にも迷惑をかけないようにしようという気遣いもまた、彼のプライオリティの上位を占めるものだろう。

こんなに早朝から出社し、引き継ぎ書を作っていることからそれがわかる。約一年間、小早川の仕事ぶりを見てきたが、入社当初のいい加減な姿勢はやはり、彼本来のものではないことがすぐに証明された。

責任感も強いし、相手に対する気配りも忘れない。自分だけ、我が社のことだけを考えるのではなく、取引先の利益にも注力するため、信頼を勝ち得て今回の商権獲得となった。きっと『立つ鳥跡を濁さず』で引き継ぎも完璧なものとなるに違いない。

俺にできるのはただ、笑顔で彼を送り出すことくらいだろう。泣いている場合じゃない。

よし、と気合いを入れると俺は、コーヒーでも買っていくか、と立ち上がった。自動販売機コーナーへと向かい、ブラックコーヒーを購入する。

「あ」

電子音のファンファーレがして、びっくりして見やった先では、『当たり』の表示が出ていた。

チャリン、とお金が戻ってきた音がした。当たりつきの自動販売機とは知っていたが、今まで当たったことは一度もなかったのでそのことをすっかり忘れていた。

まさかこんな日に当たるなんて。思わず噴き出した俺の目から、ぽろりと涙が零れる。

「馬鹿だな、俺……」

苦笑しながらも、涙は止まらず、慌てて手の甲で涙を拭《ぬぐ》った。それでも次々涙は込み上げ

てきて、こんなところ、人に見られたら大変だ、と、コーヒーを取り、お金をポケットに入れてまた、薄暗い社員食堂のすみに戻る。

「う……」

泣くな。泣いている場合じゃない。コーヒーを飲んだらすぐ席に戻ろう。そして俺に何か手伝えることがないか、小早川に聞こう。

意地でも、笑顔で見送ってやる。輝かしい前途を祝ってやらずにどうする。おさまってきた涙をコーヒーと共に飲み下す。少し冷めてしまったコーヒーはやけに苦く感じられた。

コーヒーを一気に飲み、立ち上がる。もう涙は流さない。せめて『いい思い出』として小早川の記憶に残りたいから。

さまざまな思い出が去来する。酷い態度をとられた一年前。思いが通じ合ったときのこと。今回の商権を獲得したとわかった日。

『やった！』

抱き合い喜び合ったあの日のことは、俺にとっても『いい思い出』――なんて言葉では言い尽くせない、『とびきりのいい思い出』だ。

その思い出を裏切らないように頑張ろう。決意と共に、ぐしゃ、と紙コップを手の中で潰《つぶ》し、ゴミ箱に放る。

泣くのは小早川を送り出したあとだ。誰にも見られないところで一人で泣こう。

よし、と気合いを入れ直し、頬を両手で軽く叩いてからエレベーターホールへと向かう。笑顔、笑顔だ、と自分に言い聞かせ、エレベーターの上向きのボタンを押す。すぐに来た箱に乗り込み、執務階のボタンを押したときにはもう、気持ちを立て直すことができていた。

そういえば今夜はT機械との会合があった。部長を交え取引開始を祝う、いわばキックオフミーティングのあとの懇親会だった。

その席で小早川は退職の挨拶をするんだろう。T機械の社長は小早川を可愛がっていたからさぞがっかりするだろう。

そのフォローを俺が引き受けよう。商権も俺が引き継ぎたいと課長に申し出てみよう。

本当に泣いている場合じゃないな、と頷く俺の胸は未だに、ちりちりと痛みを覚えていたが、敢《あ》えて気づかぬふりを貫くことにした。

エレベーターが俺の執務フロアに到着する。よし、ともう一度気合いを入れ直すと俺は、そろそろ出社し始めた部員たちに「おはようございます」と明るく声をかけ席へと戻ったのだった。

夜、部長と課長、それに俺と小早川は、T機械の接待の席へと向かっていた。

部長は小早川に、退職することは自分の口から伝えるので、会合に出る必要はないと言ったのだが、けじめだから出席したいと小早川が部長に頭を下げ、出席が決まった。

その様子をフロア内で俺も竹内課長も見ていたのだが、二人して、もしも部長が『駄目だ』と言った場合、フォローに回ろうとしていたので、その必要がなくなり、よかった、と目を見交わした。

会合の最初に部長の口から、小早川が退職することになった報告があった。

「ええっ」

T機械の社長をはじめ、出席者たちがみな一様に驚きの声を上げる中、小早川はやにわに立ち上がると、その場で、

「本当に申し訳ありませんっ」

と大きな声で詫《わ》びたかと思うと、膝《ひざ》に頭がつく勢いで深く頭を下げた。

「これからスタートというときに退職することになり、本当に申し訳ありません……ただ……ただこの取引に関しては、私がいなくても必ず、当部の柱になるものと確信しておりますので……っ」

ここで小早川が不自然に言葉を途切れさせたため、場にざわめきが走った。

「おい……？」

竹内課長が、どうしたんだ、というように俺を見る。

「…………」

わからない。首を傾げ返した俺の耳に、信じがたい小早川の声が響いてきた。

「本当に……悔しいです……」

彼の声は酷く掠《かす》れ、そして震えていた。

泣いているんじゃないか。気づいたのは俺だけじゃなかった。

「小早川君……」

T機械の社長が感極まった様子で声を詰まらせる。

「君に担当してほしかったなあ……」

ぽつりと呟いた社長の声を聞いた途端、頭を下げたままでいた小早川の肩が大きく震えた。

「本当に……申し訳ありません……」

俯いたまま、真摯に謝罪する彼の声はまだ、震えている。

その瞬間、俺の頭に、もしかして、という考えが不意に芽生えた。

もしかして小早川は、会社を辞めたくないんじゃないか――？

このままT機械との取引を担当し続けたいのではないか。三年後、五年後の業容拡大を目指し、尽力したいのではないか。

退職は彼の、望むものではないのでは――？

そうとしか思えない。呆然としたまま小早川の姿を見つめる俺の目の前で、T機械の社長が席を立ち、小早川に歩み寄ってぽんぽんと背を叩いてやっている。

「申し訳ありません」

何度も何度も頭を下げ、詫び続ける小早川の周囲にT機械の社員たちが集まってくる。

「本当にお世話になりました」

「新天地でも頑張ってな」

T機械の皆が、小早川を囲み、それぞれに声をかけてくれる。小早川は一人一人の手を握り、深く頭を下げ返していた。

「一年しかいなかったにしても、あいつは確実に当社で大事なものを得たし、学びもしたよな」

しみじみとそう告げた竹内課長も酷く感じ入っている様子だった。

「そうですね」

頷く俺も、もう少しで泣きそうになっていた。

「できることなら、小早川がこのビジネスを大きくしていく姿、見たかったよな」

悔しそうな課長に、

「……そうですね……」

と同じ相槌を打ちながらも、俺の胸にはもやもやとした思いが広がっていく。

退職したくないのなら、なぜ、小早川はその選択をしたのだろう。

知りたい。その思いを俺は捨てきれなくなっていた。

来るなと言われていたが、今夜、彼のマンションを訪れてしまおうか。昨夜同様、門前払いにされるかもしれない可能性は高いけれど、何もアクションを起こさないよりは拒絶されたほうがまだマシな気がする。

ちゃんと彼と向かい合って話を聞こう。そう心を決めていたが、接待が進むにつれ、思うような展開にはならないことがわかってきた。

まず、小早川は一次会で帰ることになった。俺は二次会、三次会と付き合わされた結果、課長が寮まで送ってくれるというので同じタクシーに乗らなければならなくなってしまったのだ。

寮に帰り着いたあと、ダメモトで小早川の携帯を鳴らしてみたが、ある意味予想通りというか、留守番電話センターに繋がった。

「どうしてなんだよ、小早川……」

伝言を残さず、電話を切る。

電話に出られない理由があるのか。俺を拒絶するには何か意味があるのか。

もしかしたら俺に、この退職が自身の希望ではないと気づかれるのを避けようとしているんじゃないのか。

「……考えすぎ……か？」

呟いてみたものの、少しも『考えすぎ』とは考えていない自分がいた。

明日は土曜日。明日も明後日《あさって》も電話を入れようとは思うが、もし応対に出てもらえない場合は、週明けに出社してからもう一度だけ小早川と向かい合い、互いにすべてをさらけ出す話し合いをしよう。

もしも辞めたくないと思っているのだとしたら、辞めずにすむよう、彼の力になりたい。

そんなことは望まれていないにしても、と拳を握る俺の脳裏には、今日の懇親会の席上、ずっと頭を下げ続けていた小早川の、切ないとしかいいようのない姿が浮かんでいた。

# 4

土曜日にも俺は小早川の携帯に電話を何度か入れたが、彼は応対に出てくれなかった。

いっそのこと、彼のマンションを訪れようかと思い詰めていたところ、寮の食堂で富田から思いもかけないことを知らされ、途方に暮れてしまったのだった。

「おい、加納、聞いたか？　明日、小早川見合いらしいぞ」

「見合い？」

初耳だ、と問い返すと富田は、

「だよなあ」

と彼自身、驚いた様子で、詳細を教えてくれた。

「秘書部の佐野の大学時代の友達が、小早川の父親の会社の秘書部にいるんだと。で、好奇心から探りを入れたら、見合い話が進んでいることを教えてもらったんだそうだ」

「秘書ネットワークか……凄《すご》いな」

「もともと好奇心が強いタイプが秘書になるのかもな」

肩を竦めた富田が、

「見合いの相手はなんと、メインバンクの頭取の娘だそうだ。こってこての政略結婚だな」

と顔を顰《しか》める。

「政略結婚……」

「身を固めるんじゃなく、固めさせるってことだろうな」

なんだかなあ、と溜め息を漏らす富田に俺は堪らず、問いかけていた。

「見合いってどこでやるんだ？　明日なんだな？」

「聞いてどうする？　まさかと思うが『卒業』か？」

富田が茶化してきたが、彼の冗談に付き合う気持ちの余裕はなかった。

「どこでやるんだよ」

「知らないよ。そこまでは」

詰め寄る俺を持て余したように富田が笑いに持っていこうとする。

「聞いたところでどうしようもないだろ？　見合いを妨害する気か？　どうして？　なんのために？」

「妨害する気はない……ないよ」

それならなぜ——？　自分でも何がしたいのか、よくわからない。

「じゃあなんで場所なんて知りたいんだ？」

再度同じ問いをかけてくる富田に俺は返せる答えを持たず、わからない、と首を横に振った。

「指導員としての責任は、入社して三ヶ月で終わるはずだぞ？」

子供に言い聞かせるように富田が俺を説得にかかる。

「うん」

「もう退職は決まってるんだ」

「うん」

「後輩でもなんでもなくなる。奴が政略結婚しようがすまいが、俺たちには関係がない……そうだよな？」

「……うん」

頷いてから俺は、

「でも」

と思わず言葉を足していた。

「なんだよ」

「…………小早川は会社を辞めたくないんじゃないかと……そう思えて仕方がないんだ」

「辞めるって本人が宣言したんじゃないか」

何を今更、と呆れた声を上げた富田が、ちら、と俺を見て口を閉ざす。

「なに？」

「……それって、お前の希望的観測じゃないのか？」

言いづらそうに告げる富田に俺は素直に、

「そうかもしれない」

と頷いていた。

「お前……」

認めるとは思っていなかったのだろう。富田が驚いた顔になり俺を見た。

「……仕事に未練がありそうに見えたんだよ。昨日のT機械との懇親会のとき」

根拠としては薄いかもしれない。が、もしも未練があるとするなら、何かしらの力になりたい。その思いを伝えたいのだ、と俺は富田に説明しようと口を開きかけた。

「未練があろうがあるまいが、退職はひっくり返らないだろうし、そもそも奴は『お預かり』入社だ。早い遅いの差はあるけれど、どっちみち父親の会社を継ぐことは決まっているんだから」

「そうだ。勿論。わかってる。わかっているけれど、俺は……」

何かをせずにはいられない。だがその思いは多分、富田にも、いや、彼でなくても誰にも伝えることは困難だろう。

だって俺自身が自分を持て余しているのだから。俯いた俺を一瞥《いちべつ》すると富田は、やれやれ、というように溜め息を漏らした。

「……見合い場所を突き止められる自信はない。けど一応、佐野に探らせるよ」

「……ありがとう」

まさか富田が動いてくれるとは思わなかった。驚きのあまり礼が遅れると彼は、

「誤解するなよ」

と酷く照れた顔になった。

「俺は小早川が政略結婚させられようが会社を辞めようが正直興味はない。お前の気が済むならそれでいいと思って、それで力を貸すんだからな」

「……ありがとう、富田」

友情ということなんだろう。そんな同期に恵まれたことを幸運に思う。笑顔で頷いた俺に富田は何かを言いかけたが、思い切ったような顔になると、

「期待するなよ」

と言い置き、食堂をあとにした。

翌朝、彼は俺の部屋のドアをノックし、見合い場所がわかったと知らせてきた。

「Pホテルだそうだ。会員しか入れない部屋がある。そこが見合い場所らしいという情報を入手できたよ。時間は午後三時だそうだ」

「ありがとう。富田」

感謝する、と彼の手を握ると、富田は俺の手を握り返し頷いてみせた。

「思い残すことがないよう、なんでもすればいいさ。責任をとる必要がある場合は俺も一緒にとってやる。なに、場所を教えたのは俺だからな」

「……いや、それはさすがに申し訳ないから」

大丈夫だ。首を横に振ると富田は、

「まあそのときはそのときだ」

と笑い、部屋を出ていった。

場所はわかった。だが果たして俺に何ができるだろう。

見合いを邪魔するつもりはなかった。が、それが小早川の望むものかどうかは確かめたかった。

何より確かめたいのは、退職の意思が彼のものなのか否かだ。電話をしても出てくれない。マンションを訪れても追い返される。それなら確実に会える場所で話し合うしかない。

行ってみよう。見合いの場所に。そこで彼と話をしよう。

心に決め、大きく頷く。最後に、と携帯を取り出し、小早川の番号にかけてみたが、やはり留守番電話センターに繋がって終わった。

直接顔を合わせてもまた無視されるかもしれないが、それでも何もしないよりはマシだ。

そう思っていた俺だが、『会員制』の部屋にいかにして入るかということまでは考えていなかった。

午後二時、早いと思いつつホテルを訪れた俺は、フロントで見合いについて聞いてみたが、教えることはできないと簡単に断られて終わった。

加えて、会員しか入れないというフロアにいくにはエレベーターで専用のカードキーを翳《かざ》さねばならないとわかり、いかにして乗り込めばいいのかと途方に暮れてしまったのだった。

こうなったらフロント階で小早川を待ち受けるしかない。そう思い、エントランスの前に居座っていたのだが、小早川より前に出くわした人物がいた。

その人物がエントランスから入ってきたとき、どこかで見たことがあるという印象を抱いた。

「君は……」

相手もまた同じ印象を抱いたのか、俺を見て驚いた顔になっている。

「あの……？」

誰だったか。眉を顰めた俺にその恰幅《かっぷく》のいい男が声をかけてくる。

「何をする気だ？　一体何しにきた？」

「……あの……？」

一方的に罵《ののし》られ、わけがわからず立ち尽くす。

「なんだ、私が誰かわからないのか？」

意外そうに問われ、頷こうとした瞬間、この、俺に対して悪意を抱いているとしか思えない人物が誰かに思い当たった。

「……小早川……社長？」

経済誌や新聞に掲載されている写真で何度か見たことがある。小早川の父親に違いない。

そう思い呼びかけると、果たして正解だったようで、その人物は――小早川の父は、なんだ、というように息を吐き出し、改めて俺を睨んできた。

「そのとおり。で？　何をしにきた？」

「いえ……別に何をというわけでは……」

正直なところ、何も考えていなかったというのに、小早川父は俺の行動を決めつけてきた。

「見合いを邪魔しに来たんだな？　恥ずかしくないのか、君は」

「あの、そういうつもりは……」

「ともあれ、人目につく。こちらに来なさい」

言い捨てられ、背中を向けられる。

「………」

誤解だ。見合いを妨害するつもりはなかった。ただ、小早川の本心が知りたかっただけなのだ。

そう説明せねば、という思いで父親のあとに続きながらも俺の胸には、なぜ小早川の父は俺を見知っているのだろうという疑問が芽生えていた。

小早川父が俺を連れていったのは、クラブフロアにあるホテルの一室だった。

「当面、誰も取り次ぐな」

そう言い、人払いをすると改めて俺へと向き直った小早川父は、押し殺したような声で俺の名を呼び、名前まで知っているのか、と俺を驚かせた。

「確か加納君といったね。一体何をしに来たんだ？」

「……私の名前をどうして……」

疑問を口にした俺に小早川父は、あたかも汚らわしいものを見るかのような視線を向けてきた。

「君と息子との関係は調査会社から報告を受けている。そんな生産性のない関係は解消するように、息子には申し渡した。君は何も聞いていないのか？」

「…………なんですって……？」

今、自分が言われた言葉の意味を俺は必死で理解しようとしていた。が、思考が少しも追いつかない。

「男同士で……我が息子ながら情けない……っ。だからこそ、すぐにも会社を辞めさせることにし、こうして縁談も調えたというのに、まだ邪魔する気か？」

「ちょ……ちょっと待ってください。あの、小早川が会社を辞めることになったのは、俺のせい……なんですか？」

今、確かにそう聞いた。それは本当なのか、と確かめようとした俺に、厳しい小早川父の声が飛ぶ。

「そのとおりだ！　息子がゲイだと知らされた親の気持ちが君にわかるかっ」

「それなら……っ」

まさか。それが理由だったなんて。考えたこともなかった。と愕然《がくぜん》とすると同時に俺は、そういうことなら、と小早川父に訴えかけた。

「それなら、どうしたら小早川の退職を撤回できますか？」

「なんだと⁉」

父親は信じがたい、という顔をし、俺を見た。

「小早川は会社を辞めたくないと思っています。彼はようやく自分の力で新しいビジネスを開拓したところなんです。これから業容拡大していきたいとそう願っていたんです。俺もそんな彼の姿を見たい。お願いです。小早川の希望を叶《かな》えてやってください。俺は……俺の希望はともかくとして、仕事にやり甲斐を感じている小早川の、そのやり甲斐を潰したくないんですっ」

訴えかける俺を小早川父は暫《しば》し呆然と眺めていたが、やがて、はあ、と息を吐き出すと一段と厳しい目で俺を見据え、口を開いた。

「ならすぐさま、息子と別れてもらおう。そうすれば息子の退職については考えないこともない」

「……それで……それだけでいいんですか？」

拍子抜け。心境的にはそんな感じだった。

「……なんだと？」

小早川父が意外そうな声を出す。

「俺が……すみません、私が息子さんと別れれば、退職を思いとどまってくれるということですか？」

「……そうだ……が？」

確認を取った俺に、小早川父が相変わらず戸惑った声を上げる。

「それなら別れます」

迷うことなど何もない。きっぱりと言い切ると、小早川父は信じがたい、というように大声を上げた。

「本気か？　息子を思う気持ちはその程度のものということか？」

「……程度……はわかりません。でも私は、小早川に今の仕事をまっとうさせてやりたいと思っているんです。そのために私にできることならなんでもします」

「なんでも……」

小早川父はそう呟くようにして言ったあと、

「別れるんだな?」

と確認を取ってきた。

「はい」

即答した俺に、父は相変わらず戸惑った視線を向けてきた。

「本当にいいのか?」

「はい」

即答したが、小早川の父が納得できかねている様子だったので、偽らざる胸の内を説明することにした。

「私は……俺は小早川からたくさんのものを貰《もら》っているから……もういいんです」

「たくさんのもの……?」

呟くようにして問われた言葉に、そうだ、と頷く。

「高校時代の彼から、決して諦めない心を貰いました。再会したあとには、言葉に尽くせないくらいの幸せを。短い時間でしたが、彼と過ごせて俺は本当に幸せでした。だからこそ、小早川には幸せになってほしいと思っているんです。小早川にとっての幸せはなんだか、俺にはわからない。でも今、会社を辞めることは彼の望んでいることじゃない。彼のやり甲斐を失わせたくない、それだけです。彼に思う存分、仕事をさせてやりたいんです。それからあなたの会社を継ぐのでは遅いでしょうか？　小早川は取引先にもとても頼りにされているんです。お願いです。小早川にもう少し、今の仕事を続けさせてください。お願いします」

「……君は……」

小早川父が呆然とした声を出す。

「お願いします……っ」

その父に俺が尚も縋《すが》ろうとしたそのとき、部屋の扉が勢いよく開いたかと思うと、聞き覚えがありすぎるほどにある男の怒声が室内に響き渡った。

「親父、何してる！　弘樹に危害を加える気ならただじゃおかない……っ」

「小早川……」

いきなりの登場に驚き、思わず名を呼んだ俺へと小早川は物凄い勢いで駆け寄ってくると、両肩を摑み、顔を覗き込んできた。

「大丈夫か？　何もされなかった？」

「え？　何もって、何を……？」

何をされるというんだ。戸惑いの声を上げた俺を小早川が力一杯抱き締めてきた。

「お、おい……っ」

父親の前で、と慌てて腕を逃れようとしたが、力が強すぎて抜け出すことができない。

「小早川……っ」

お前の親父さんは二人の関係を知っていて、それを許せないと思っている。なのに目の前で抱き締めるなんて、するべきじゃない。それをわかってほしい、と、尚も彼の腕を逃れようとしたそのとき、小早川父の声が響き渡った。

「隆祐、お前は……」

「もういいだろう？　俺が親父の言うことをなんでも聞く約束をしたのは弘樹を守りたかったからだ！　なのに親父は約束を破るのか？　会社も辞めるし見合いも引き受けた！　これ以上、何をすればいい？　俺に何を求めるつもりなんだよ……っ」

吐き捨てるようにして告げられた言葉を聞き、俺は声を失った。

「俺……なのか？」

小早川は俺を守るために父親の言いつけに従っていた？　守るってなんだ？　無理矢理身体を離し、小早川を見上げる。

「どういうことだ？　俺を守るって？」

「それは……」

小早川がはっとした顔になり、俺から目を逸らせる。

「小早川」

尚も彼の目線を追いかけ、問いかけた俺に答えてくれたのは小早川本人ではなく父だった。

「……私が言ったのだ。即刻君と別れなければ、いかなる力を使っても君を退職に追いやると」

「……え……」

正直、俺は物凄く驚いていた。そのような条件を付されていたことについてもだが、それを小早川の父が正直に告げたことへの驚きのほうが大きかった。

そんなことを言って、俺が訴えるとか、考えないのだろうか。いや、訴えたりしないけれども。呆然としつつ振り返った俺は、その父から頭を下げられ、ほぼパニック状態に陥ってしまった。

「あ、あの……っ」

「親父……」

小早川も驚いたように父を見ている。

「卑怯《ひきょう》な真似をして悪かった。その件については謝る。だが」

ここで父が顔を上げ、俺を真っ直ぐに見つめる。

「やはり息子をゲイにしたことについては、許すことはできない」

「馬鹿を言うなっ！」

そのとき、小早川の怒声が室内に響き渡った。

「こ、小早川……っ」

父親に向かっていこうとする彼を俺は咄嗟に抱き止めていた。殴りかねない勢いがあったからだ。

「ゲイにしたってなんだ！　俺が弘樹を犯したんだよっ！　弘樹はもともとノーマルだった！　俺が、俺が最初、無理矢理関係を持ったんだ！」

「小早川、よせ」

事実ではある。が、親に教えることじゃない。何より息子が男と付き合っていたことに父親はこれだけショックを受けているわけだし、と黙らせようとした俺の耳に、深い溜め息が聞こえた。

振り返るまでもなく、小早川父がついた溜め息だ。

「……申し訳ありません……」

謝罪の言葉しか出てこない。男同士ではあるけれど、俺は本気で小早川が好きだ。だが父親がショックを受ける気持ちもわかるため頭を下げたのだが、そんな俺の肩を摑み、小早川は頭を上げさせようとした。

「謝ることない。悪いのは俺なんだから」

「悪くないよ。お前は何も」

「いや、俺が悪い」

いつしか声高に言い合っていた俺たちは、小早川父が再びついた深い溜め息の音に、はっとし彼を見やった。

「…………隆祐」

小早川父が掠れた声で息子の名を呼ぶ。

「なんだよ」

ぶすっとして答えた小早川に、ちゃんとしろ、という意味を込め、背を叩いてやる。小早川はちらと俺を見たあと、姿勢を正し父を真っ直ぐに見据えた。

「なんですか」

「…………」

父は一瞬、俺を見たが、すぐに視線を息子へと戻すと、暫くの沈黙のあと、ぼそり、とこう尋ねてきた。

「……今の仕事にやり甲斐を持っているというのは本当か」

「……本当だ。親父から見たらごくごく小さな、興味も持てないほど小さな仕事だろうが、自分で一から作り上げてきた仕事だ。この手で育てていきたい。やがてはビジネスモデルとなるように……そう思ってやってきたんだ。やり甲斐がないわけがないじゃないか」

熱い口調で続けていた小早川は、その熱さが恥ずかしくなったようで、やがて口を閉ざした。

　またも沈黙のときが流れる。

「……そうか」

　沈黙を破ったのは小早川父だった。今日、何度目かの深い溜め息をついたあと、やにわに顔を上げ、小早川を見る。

「お前の口から『やり甲斐』という言葉を聞けるとは思わなかった。しかも仕事に関することで」

「…………」

　小早川の父親は何を言いたいのか、俺にもわからなかったが小早川にもわからなかったようで、眉を顰め父を見返している。父は小早川から目を逸らせると、ぽつりとこう告げ、俺に、そして小早川に息を呑ませた。

「陸上以外にやり甲斐を見つけられるようになったことを、親としては嬉しく思う」

「…………親父…………」

　思わず呼びかけた小早川へと視線を戻すと、父親は心持ち固い表情で、小さく頷いてみせた。

「お前の話はわかった。それだけ仕事にやり甲斐を感じているのなら、退職は撤回させてやる」

「……え……？」

今、俺は確かに聞いた。空耳じゃないよな、と小早川を見る。

「辞めなくて……いいのか？」

小早川も信じがたく思っているらしく、呆然として父にそう問い返していた。

「ああ」

父が大きく頷き、苦笑してみせる。

「親父！」

小早川の顔にも笑みが浮かんだ。父に駆け寄ろうとする、その彼を制するように、父が厳しい声を出す。

「但し、いつまでもというわけにはいかない。当然期限は切る。お前は跡取り息子だからな」

「…………わかったよ」

幾分憮然とし、小早川が頷く。父も頷き返すと、ちらと俺を見てからこう言葉を続けた。

「当然、結婚もしてもらう。そのことも忘れるな」

「それは……」

困る、と言いかけた小早川の言葉を父が遮る。

「ゆくゆくは、だ。今じゃなくていい」

「本当かっ？」

途端に小早川の顔が輝き、俺に笑顔を向けてくる。俺はどんな顔をしたらいいかわからず、戸惑った視線を小早川の父についい、向けてしまっていた。

　本当だったら俺も笑顔になりたい。でも父親の気持ちを思うとそれも憚られる。それで困った顔になってしまったのだが、父はそんな俺を再び一瞥したあと、俯いたまま話を続けた。

「気持ちが他にいっている状態で結婚するのは相手にとっても失礼だからな。今回の話に関しては私のほうから断りを入れておく」

「親父、ありがとう！」

　小早川が弾んだ声を出す。それを聞き、父は一瞬、啞然《あぜん》とした表情となった。

「あ」

　小早川もまた、何を驚いているのか自分の口に手を当て黙り込む。

「？」

　どうしたわけか。ぎこちなく見つめ合う親子の様子を見ていた俺の前で、父と息子はそれぞれふい、と視線を逸らせ俯いた。

「それでは、失礼する」

　コホン、と軽く咳払《せきばら》いをし、父が部屋を出ようとする。ちょうど進路上に俺がいたので、俺は慌てて道を空けようとし、ついでにドアを開いてあげることにした。

「加納君」

　俺の開いたドアから外に出ようとしていた小早川の父が、ふと足を止め俺を見る。

「はい」

何を言われるのだろうか。どき、と高鳴る鼓動を抑え込み、見返したそこには、涙に潤んだ目をした小早川の父の端整な顔があった。

「息子を変えてくれてありがとう」

小さくそう告げ、小早川の父が俺に頭を下げる。

「いえ、そんな……っ」

言い返そうとしたときには小早川父は足早に立ち去ってしまっていた。

「…………」

ピンと背筋を伸ばしたその背を見つめる俺の横に、小早川が歩み寄ってくる。

「親父、なんだって？」

「あ、うん……」

言っていいのか。それを迷ったこともあったが、何より少し照れくさく、俺は言葉を濁したのだが、小早川に促され、教えることにした。

「お前を変えてくれてありがとう、だって」

「…………確かに変わったよ」

ふふ、と小早川が笑い、俺の肩を抱く。

「俺、親父には反発してばかりいたから。特に陸上で挫折したあとは、口も利かないでいた」

「……そうなんだ」

俺に話しているというよりは、独り言のような口調で続ける小早川の目はどこまでも優しく、そして酷く潤んでいた。

彼の父の目と似ている。見つめる先で小早川が、ぽつりと呟く。

「……長いこと、親父に礼なんて言ったことなかった」

「そうか」

だから互いに驚いていたのか。納得したと同時になんだか胸が熱くなり、俺の目まで潤んできてしまった。

「……ありがとう。弘樹」

言いながら小早川が俺の肩を抱く手に力を込める。

「…………」

違うよ。お前自身が親父さんの気持ちを変えたんだよ。言葉にすると涙が零れてしまいそうになり、俺はよかったな、と笑うと、小早川の背に腕を回し、彼のスーツの上着をぎゅっと握り締めたのだった。

## 5

俺は小早川に導かれるがまま、彼のマンションへと向かった。

よく見ると彼はいつになく髪型をきちっと整え、上質という言葉では足りないくらいのばりっとしたスーツで身を固めている。

「……気合いが入っていたんだな」

彼の運転する車の助手席でその姿を眺めながら俺は、嫌みかなと思いつつ、ついそうからかってしまった。

気持ちが弾んでしまうのを抑えることができない。よく考えれば――いや、考えるまでもなく、問題は何も解決していない。

小早川の父親に二人の関係がばれてしまった上、付き合いを反対されている事実に変わりはないし、ゆくゆくは小早川は当社を辞め、父の跡を継ぐこともまた、変わっていない。

結婚だってするようにと命じられたのを目の前にしているというのに、どうして俺の心はこうも弾んでいるのか。

『息子を変えてくれてありがとう』

　小早川父の言葉が、彼の潤んだ瞳が脳裏に蘇る。

『……長いこと、親父に礼なんて言ったことなかった』

　小早川の潤んだ瞳と、そして嬉しげなその言葉もまた蘇ってきて、ますます俺の気持ちは弾んでいった。

　問題は先送りになっただけかもしれない。が、少なくとも小早川と父親の凍てついていた関係が氷解したことは事実だ。

　それが嬉しかった。俺がどれだけの役割を果たせていたかはわからない。実際はなんの役にも立っていないのかもしれないが、父と息子の間に新たな絆《きずな》が生まれた。その瞬間に居合わせることができただけでも嬉しかった。

　ただの思い込みではあるが、なんとなく、家族の一員になれたような気がするから。

　勿論そんなことを小早川の父に言おうものなら『お前が家族であるわけがない』と一刀両断、斬って捨てられるだろうが。

　ふふ、と笑ってしまった俺を運転席からちらと見やった小早川は、憮然とした顔をしていた。

「なんかさっきから感じ悪いんだけど」

「そうかな？」

「気合いなんて入ってないし。そんなににやつかれる覚えもないし」

「にやついてるかな」

頬に手をやる俺に小早川が、

「にやついている」

と言い捨てる。

「色々、あったからな」

またも嫌みかなと思いつつそう言うと、途端に小早川は、う、と言葉に詰まってみせたあと、ぼそりと、

「ごめん」

と謝ってきた。

「俺、目の前でチェーンかけられたの、生まれて初めてだった」

正しくは、チェーンを外してもらえなかったこと、だけど。かなりショックだった。それをわかってもらおうと言葉を続けると、小早川はますます気まずそうな顔になり、また、

「ごめん」

と素直に謝った。

「仕方ないよ。俺と別れろって言われてたんだろう?」

問いかけると小早川は、うん、と頷いてから、

「でも」

と顔を上げ、力強い口調でこう告げた。

「別れる気はなかった。なんとか親父を説得できないか、必死で考えてたんだ」

そうして少しバツの悪そうな顔になり、ぼそぼそとあとを続ける。

「別れを言っちゃったら取り返しがつかなくなると思ったから、できるだけそこは避けてと……我ながら、男らしくないとは思うけど」

「……よかった。別れようなんて言われたら、立ち直れなかったと思うから」

本当によかった。心からそう言い、小早川を見ると、小早川は、

「かなわないな」

と笑い、前を向いてアクセルを踏み込んだ。

「スピード、出し過ぎるなよ」

慌てて注意すると小早川は「わかってる」と笑い、片目を瞑ってみせた。

「でも一刻も早く、家に戻りたいんだ。あんたと抱き合うために」

「……馬鹿……」

思いは俺も一緒だった。すぐにも。そう、この場で今この瞬間にも彼と抱き合いたい。

それでも悪態をついてしまった俺の耳に、くす、と笑う小早川の声が響いた。

「無理しちゃって」

「……馬鹿」

小早川の声もなんだか喉にからまっているようだ。ちらと見やった先では、小早川の頬に朱が走っている。

彼も思いは同じなんだな。そう思うとまた我慢ができなくなってきた。いつしか会話は途絶え、車中には沈黙が訪れる。

だがその沈黙は少しも居心地の悪いものではなく、心地よい緊張感を俺に、そしておそらく小早川に与えていた。

車はようやく小早川のマンションに到着した。駐車場に車を停め、エレベーターで小早川の部屋のある階を目指す。エレベーターが無人であったため、俺たちは視線を交わし合うとそのまま二人きつく抱き締め合った。

「ん……っ」

貪るようなキス。互いに唇を合わせながら、身体の熱が上がってくるのを抑えることができない。

ぴたりと重なった下肢は、相手の雄が既に熱を孕み形を成していることをそれぞれに伝えていた。

小早川もまた興奮している。そう思うだけで俺の興奮も昂まり、ますます身体が熱くなる。

チン、とエレベーターが指定階に到着した音がし、扉が開くと俺たちはもつれるようにしてエレベーターを降り、小早川の部屋に走った。

ドアを開き、廊下を進みながらまた唇を合わせる。何をそんなに焦っているんだと相手を諫《いさ》める余裕はどちらにもなかった。

寝室のドアを開き、二人してベッドに倒れ込む。激しく唇を求め合いながら相手の服を脱がそうとし、自分で脱いだほうが早いとほぼ同時に気づくと俺たちはキスを中断し、ベッドの上で身体を起こした。

「やばい」

服を脱ぎ捨てながら小早川が苦笑する。

「何が?」

問いかけると小早川は、勃起したせいでファスナーが下りづらいのだと手で示し、俺を赤面させた。

「馬鹿」

「弘樹もだろ?」

既に全裸になっていた小早川が、まだスラックスを穿《は》いたままだった俺の雄を服越しにぎゅっと摑む。

「や……っ」

指摘されたとおり、俺の雄ももう、勃ち上がっていた。

小早川がくすりと笑いながら、俺からスラックスを下着ごと剝《は》ぎ取り全裸に剝《む》く。

「愛してる。もう、どうしようもないほど、可愛くて仕方ない」

切羽詰まった声でそう言ったかと思うと小早川は俺の両脚を抱え上げ、露《あらわ》にしたそこに顔を埋めてきた。

「や……っ……きたな……っ」

両手で尻の肉を摑んで押し広げたところに、ざらりとした舌が挿入される。入り口を甘噛みするようにして愛撫されながら、舌で、指で中を侵される。

彼の指が、舌が触れるたび、内壁がひくひくと堪えきれないくらいに収縮し、それらを奥へ、奥へと誘《いざな》った。

「あっ……あぁ……っ……あっ……あっ……あっ……」

いつしか腰を揺らし、もっともっと、と恥ずかしげもなくねだってしまっている。

早く一つになりたかった。奥底までしっかりと埋め、繋がっていることを証明してほしい。愛しいという気持ちがそのまま、深く繋がり合いたいという希望に繋がる、そんな体験を俺は今までしたことがなかった。

文字どおり、身も心も繋がっていたい。想いの強さを求める気持ちの強さで証明したいし証明されたい。

愛という概念的な存在を、セックスという体感的な、しっかりと自身で感じることのできる行為で証明したい。

それだけ強い欲求を、そして欲情を今まで俺は誰に対しても抱いたことがなかったのかもしれない。

でも彼には——小早川にはその欲求を、そして欲望を抑えることができないのだ。

「早く……っ……はやくきてくれ……っ」

堪らず叫び、腰を突き出す。

「うん」

小早川が答えた息が後ろにかかる。ふわっとした温かいその感触に、またも俺の内壁は熱く震え、我慢ができなくなった。

「はやく……っ」

いつもの躊躇いはもう、俺から失われていた。自分がどれだけ恥ずかしい言葉を口にしているか、自覚はあったが堪えることはできなかった。

「早く……っ」

一度は失ったと思い、失望のどん底に突き落とされた経験が、俺をやたらと素直にしていた。

「一つになりたいんだ……っ」

「弘樹……俺もだ……っ」

小早川もまた思いは同じなのか、感極まった声を上げると身体を起こし、改めて俺の両脚を抱え上げた。

「んん……っ」

熱い塊が後ろに押し当てられる。今、まさに小早川の雄が俺の後ろに挿入されようとしていた。

ずぶ、と先端がめり込むようにして中に挿ってくる。

「あぁっ」

待ち侘びたその感触に、俺の背は大きく仰け反り、口からは高い声が漏れてしまっていた。早く奥へ。その願いが通じたのか、小早川は俺の両脚を抱え直すと、一気に腰を進めてきた。

「……っ」

いきなり奥まで貫かれ、息が止まりそうになる。ぴた、と二人の裸の下肢が重なり、その温《ぬく》もりを何より愛しいものに感じていた俺の耳が、掠れた小早川のセクシーすぎる声を聞いた。

「ヤバい。すぐいきそう」

「……俺も……っ」

今にも達してしまいそうなのは俺も一緒だった。頷くと小早川は、ふふ、と少し照れたように笑い、やにわに腰の律動を開始した。

「あっ……あぁ……っ……あっあっあっ」

ズンズンとリズミカルに奥底を抉られ、あっという間に俺は快楽の階段を駆け上ることになった。

全身が火傷《やけど》しそうな程に熱し、吐く息まで熱く感じる。頭の中はもう真っ白で、何も考えられなくなっていた。

「やだ……っ……もう……っ……あっ……あっ……あぁ……っ」

汗で滑る太腿《ふともも》を何度も抱え直し、奥へ、より奥へと雄を突き立ててくる。

繋がっている。一つになっている。それがどれだけ嬉しいか。それを伝えたくて俺は何度も大きく首を縦に振り、両手両脚で小早川の背を抱き締めた。

「好きだ……っ……もう……っ……もう、どうしていいか……っ……」

わからない。そのくらいに愛しい。叫ぶ俺の目が、にっこりと嬉しげに微笑む小早川の顔を捕らえた。

「俺もだ……っ」

そう言った直後、彼は俺の片脚を離すと、二人の腹の間でパンパンに張り詰めていた雄を握り込み、一気に扱き上げてくれた。

「アーッ」

直接的な刺激には耐えられるわけなどなく、すぐさま俺は達し、白濁した液を小早川の手の中に放ってしまった。

「……ん……っ」

射精を受け、後ろが信じられないくらいに収縮し、小早川の雄を締め上げる。それで彼も達したらしく、低く声を漏らすと俺の上で伸び上がるような姿勢になった。

ずしりとした精液の重さを感じ、思わず声が漏れてしまう。

「ん……っ」

「愛してる……弘樹」

囁くようにして告げた小早川が、そっと俺の唇を塞いできた。

「……今は無理でも必ず、親父に認めさせるから……」

「……うん……」

小早川の瞳は酷く潤んでいた。俺の目もきっと潤んでいるに違いない。そう思いながら、きっぱりと頷いてみせる。

「……俺の思いは本物だって……絶対に親父に認めさせるから……っ」

普通に考えて、それは物凄く困難であるということは勿論、俺にもわかっていた。

大企業、そしてオーナー企業の一人息子。銀行の頭取令嬢との見合いが、ごく当たり前に設定される、そんな彼が俺みたいな、平凡を地で行くようなサラリーマンと付き合うなど、あり得ないことだろうし、それを認めさせるなど至難の業だろう。

それでも——それでも小早川の真摯な瞳の中には、不可能を可能にさせるのではないかという希望が溢れていた。

「……うん……」

俺も頑張りたい。小早川に相応《ふさわ》しいと思ってもらえる、そんな人間になれるよう、努力したい。

小早川もそうしたいと思っているはずだから——笑顔で見上げた先には、小早川の笑顔があった。

「頑張ろうな」

「ああ。頑張ろう」

頷き合い、息が乱れる唇を重ね合う。

こうして二人で抱き合っていればどんなことにも立ち向かえる勇気が湧き起こってくる。

何があろうが負ける気がしない。その確信を胸に俺は小早川の背をしっかりと抱き締め、心だけでなく唇でも繋がりたいとキスをねだったのだった。

「……しかし、なんかアレみたいだよな」

互いに三度達したあと、失神しそうになっていた俺を抱き締めながら、小早川がぼそりと呟いてきた

「なに……?」

『アレ』が思い当たらず首を傾げる。と、小早川は俺を寝やすいよう、そっと抱き締め直してくれながら、耳許にこう囁いた。

「なんか、『辞める辞める詐欺』みたいな……」

「確かに」

一年前にも同じことをした。退職をひっくり返すことができたあと、社内外に報告するのがあのときも本当に大変だったと思い出し、思わず噴き出した俺の身体をしっかりと抱き締め、小早川が照れた声のまま囁きかけてくる。

「負けないから。あんたに恋に落ちたときから、俺、強くなったんだ。随分とね」

「……俺も……かな」

確かに、俺もそうだった。

小早川に恋したそのときから俺は、どんな逆境に陥ろうと立ち向かっていける、そんな強さを身につけることができるようになったと思う。

「愛してる」

きっぱりと——本当にきっぱりとした口調で告げる小早川の背を俺はしっかり抱き締める。

「俺も。愛してるよ」

この先どのような困難が待ち受けていようと。何があろうと彼を愛する気持ちに変わりはない。

恋は人を強くすることを小早川に教えてもらったと、いつの日にか彼の父に伝えることができるといい。そう願いながら俺は小早川に微笑みかけ、同じく微笑み返してくれた彼の背を愛しさからしっかり抱き締め返したのだった。

# あとがき

はじめまして&こんにちは。愁堂れなです。

このたびは五十冊目!!　のルチル文庫となりました『君に、恋に落ちた夜』をお手に取ってくださり、本当にどうもありがとうございました。

ルチル文庫様で五十冊もの本を出していただけましたのも、いつも応援してくださる皆様のおかげです。本当にどうもありがとうございます！

本書は二〇〇五年九月、雑誌『Chara Sellection』に掲載いただいた『惚れた弱み』（発表時タイトル『歪んだ愛に囚われて』）に、今回『君に、恋に落ちた夜』を書き下ろしました。

初出が二〇〇五年と九年前ですので、仕事描写が少し古く感じられるかもしれません。今に合わせようかと悩んだのですが、当時の雰囲気を活かしたいと思い、そのままにさせていただきました。

というのも実はこの作品には、個人的にとても思い入れがあるのです。私事になりますが、ちょうど父が亡くなる直前に書いていたのがこの作品だったのでした。

会社帰りに実家近くの病院に父を見舞い、実家に寄ってから自宅に帰るという、精神的にも肉体的にもギリギリの毎日を送っているときに書いた原稿だったのですが、今から思うと逆に、会社に行くとか作品を仕上げるという『やらなければいけないこと』があの頃の自分にとっては支えとなっていたのかもしれません。

当時お世話になりました担当のB様、そしてこの作品を記念すべきレーベル五十冊目として発行してくださいましたルチル文庫様、そして担当のO様に、この場をお借り致しまして、心より御礼申し上げます。

デビュー当時から数年間は、リーマンものと二時間サスペンス調の作品を書く機会が多かったのですが、本書は王道（かな）のサラリーマンものです。

財閥系の総合商社を舞台にした、三年目の美人（自覚なし）指導員と、ワケアリ超生意気新入社員のラブストーリーとなっています。

本当にこんな新人が自分の部署に来たらブチ切れそうですが（笑）、雑誌掲載分を既読の皆様にも未読の皆様にも、少しでも楽しんでいただけるといいなとお祈りしています。

亀井高秀先生、本当に本当に！　素晴らしいイラストを、どうもありがとうございました！　ラフを拝見したときから素敵すぎる二人にもうもう、大興奮でした。ご一緒させていただけでめちゃめちゃ嬉しかったです！

記念すべき本を先生に描いていただけて幸せです。本当にどうもありがとうございました。

ほか、本書発行に携わってくださいましたすべての皆様に心より御礼申し上げます。

最後に何より、本書をお手に取ってくださいました皆様に、御礼申し上げます。

久々のリーマンものとなりましたが、いかがでしたでしょうか。是非是非、ご感想をお聞かせくださいませ。お待ちしています！

また、ルチル文庫様がレーベル五十冊目を記念して、なんと私ごときに（汗）全員サービスの企画を立ててくださいました。

本当にどうもありがとうございます！

詳細は本書の帯をご覧いただけると幸いです。皆様のご応募、心よりお待ち申し上げます。

次のルチル様でのお仕事は、四月に文庫を発行していただける予定です。よろしかったらこちらもどうぞ、お手に取ってみてくださいね。

また皆様にお目にかかれますことを、切にお祈りしています。

愁堂れな

平成二十六年二月吉日

（公式サイト『シャインズ』http://www.r-shuhdoh.com/）

✦初出　惚れた弱み……………………………Chara Sellection 2005年11月号
「歪んだ愛に囚われて」を改題
君に、恋に落ちた夜……………書き下ろし

愁堂れな先生、亀井高秀先生へのお便り、本作品に関するご意見、ご感想などは
〒151-0051 東京都渋谷区千駄ヶ谷 4-9-7
幻冬舎コミックス　ルチル文庫「君に、恋に落ちた夜」係まで。

幻冬舎ルチル文庫

# 君に、恋に落ちた夜

2014年3月20日　第1刷発行

✦著者　愁堂れな　しゅうどう れな

✦発行人　伊藤嘉彦

✦発行元　株式会社 幻冬舎コミックス
〒151-0051 東京都渋谷区千駄ヶ谷 4-9-7
電話 03(5411)6431 [編集]

✦発売元　株式会社 幻冬舎
〒151-0051 東京都渋谷区千駄ヶ谷 4-9-7
電話 03(5411)6222 [営業]
振替 00120-8-767643

✦印刷・製本所　中央精版印刷株式会社

✦検印廃止



定価はカバーに表示してあります。


ISBN978-4-344-83092-9　C0193　Printed in Japan